ORLÉANS

Né en 1968, Yann Moix est écrivain. Son roman *Naissance* a obtenu le prix Renaudot en 2013.

Paru au Livre de Poche :

ANISSA CORTO
CINQUANTE ANS DANS LA PEAU DE MICHAEL JACKSON
JUBILATIONS VERS LE CIEL
LES CIMETIÈRES SONT DES CHAMPS DE FLEURS
MORT ET VIE D'EDITH STEIN
NAISSANCE
PANTHÉON
PARTOUZ
PODIUM
TERREUR
UNE SIMPLE LETTRE D'AMOUR

YANN MOIX

Orléans

ROMAN

GRASSET

© Éditions Grasset & Fasquelle, 2019.
ISBN : 978-2-253-10178-9 – 1ʳᵉ publication LGF

À Leslie.

« Ce qui est fait contre un enfant
est fait contre Dieu. »

Victor Hugo, *L'homme qui rit*

I
DEDANS

Maternelle. – Le monde rouillait. Derrière la fenêtre, c'était l'automne. L'air jaunissait. Quelque chose d'inévitable se déroulait dehors : la mort des choses. La cour de récréation, mangée par une marée de pénombre, revêtait des reliefs alambiqués. Je ne reconnaissais plus l'univers. Dans la salle de classe, éclairée par des néons grésillants, j'éprouvais, dans la bouche, ou plus exactement au fond du palais, un goût d'amande et d'abri. Rien n'était urgent parmi les dessins, les chiffons tachés, les flacons, les pots, les pinceaux, les éponges mouillées, les grosses lettres aimantées au tableau noir, les motifs en papier kraft. Le contraire de la guerre n'est pas l'amour, mais une fin d'après-midi orange, en novembre, dans une école maternelle. On n'y compte ni cadavres ni blessés ; nul n'y tremble. Tout y est chaud et bigarré. Le crépi, fissuré, de la bâtisse suffisait à nous isoler de la densité oppressante de la nuit noire et rouge.

Il eût suffi de briser les vitres pour faire surgir, tel un ouragan, dans notre coquille tiède et idéale, les cendres et les misères de la vie adulte, les vents amers, les larmes, les condoléances, les maladies.

L'institutrice, bleutée, portait un chignon. J'aimais la façon dont elle effaçait le tableau, laissant, après le balayage frénétique de la surface, le spectre du motif précédent – en palimpseste – vouloir exister encore, comme ces blessures d'amour qui ne s'en vont qu'avec la mort.

L'odeur de la salle, faite d'émanations de gouache, d'alcool à stencil et de grains de café avec lesquels nous confectionnions des fresques (une vache difforme devant une inhabitable maison), possédait un relent de paradis et de décès – présence de tous ceux qui, avant notre existence, avaient été des enfants et qui, à présent, possédaient du sable dans les yeux. Les pupitres étaient doubles et s'ouvraient comme des couvercles. Dans leur gueule moisissait parfois une trousse ou pourrissait quelque dessin au feutre, dont le style était tantôt frémissant, tantôt brutal, éventuellement gouverné et perverti par la main d'une grande personne. J'avais trouvé le premier jour, à l'intérieur du mien, une mystérieuse figurine dont j'ignorais alors tout, orpheline de ce contexte, privée à jamais de sa raison d'être, et qu'aucune stratégie, aucune tactique, aucun calcul ne mouvaient plus : un fou de jeu d'échecs. Il gisait là, dans l'obscurité et la désolation de ce petit bureau ridicule, humble employé relégué au placard, sans adversaire, comme terrassé à jamais. Nul ne savait quelles extravagantes parties il avait bien pu vivre, quels combats épouvantables, sur les cases mathématiques de sa destinée diagonale, il avait livrés. Il resterait le soldat inconnu de mon enfance ; muet, muré dans quelque chagrin, beige et de buis, éclaboussé au niveau du heaume – tout près de la fente qui le faisait bridé – par de l'encre bleue.

J'avais préféré le laisser là plutôt que de l'engouffrer dans la poche de mon gilet. Je voulais qu'il continuât à passer ses nuits dans sa cachette, ou dans son tombeau – je ne sus jamais, à vrai dire, s'il était mort ou vivant. Il représentait pour moi le modeste héraut d'une capitulation définitive ; il était l'abandonné par excellence. Il incarnait le vaincu. Surtout, il préfigurait les enterrements à venir, les noces de la défaite avec la mort. Chaque matin, les mains lavées au lavabo collectif, la blouse bleu clair enfilée, je vérifiais que sa routine d'endormi définitif se poursuivait sous mon coude, qu'il était resté là toute la nuit, qu'il n'avait pas bougé. Son prestige éteint me fascinait.

C'était une nuit provinciale qui ceignait l'école – une nuit sans remède, pleine d'oscillations hostiles, d'haleines camphrées, de taches lumineuses qui semblaient avoir du mal à respirer. Avant de sortir, la sonnerie retentie, nous nous engouffrions dans des laines molles. On portait des bottes de caoutchouc, y compris quand il ne pleuvait pas. En levant le nez dans le froid métallique, on apercevait des frondaisons de lucioles fixes au fond du ciel. Les étoiles ressemblaient à de fins éclats de glace pilée. La Voie lactée aspirait dans son silence lointain le vacarme de la ville. On reconnaissait au ciel, parmi les dieux et en regardant longtemps, des calèches, un perroquet, une tête de cheval. La nuit du ciel, placée au-delà des événements, provoquait en moi un intense besoin de renouvellement. Je rêvais de sortir de l'enfant monotone que j'étais, dans lequel j'étouffais, pour me transformer en poney, en planète – en genou.

J'étais différent des autres, comme tout le monde. J'avais fait connaissance, sur le chemin qui me menait seul chez moi parce que ma mère n'était, une fois encore, pas venue me chercher, d'une statue de la Vierge, mouchetée de moisissures, dont le sourire avait conservé son éclat. Dans son velours de marbre piqué, elle acceptait sans résistance, sans réticence, que les ronces la fissent disparaître. Son anachronisme raffiné, sa miséricorde fanée me parlaient : elle était évanouie, là, dans le fatidique silence d'un coude de ruelle abandonné – j'en tombai amoureux.

Il m'arriva de l'embrasser ; de passer ma main sur son visage froid. Elle tranchait avec l'insupportable réalité des rues, des boulevards, de la circulation, des déchets, des poubelles. Cette histoire se déroulait au vingtième siècle ; le passé est inutile ; nous ne connaissons que le présent, sans cesse accompagnés par l'instant. Si je meurs maintenant, ce n'est pas de mon passé que l'on me délestera, mais de la seconde que j'étais en train de vivre. Cette seconde était tout ce que je possédais. Mon existence, ce n'est que cela, rien que cela : l'instant présent, dans sa gratuité pure, coupé de toute racine, sourd, ingrat à tous les hiers. Je ne suis qu'une imminence.

Je rentrai tout couvert de nuit. J'avais pleuré sur le trajet dangereux. Ma mère finissait de faire le ménage, de nettoyer la buanderie, de remplir le lave-vaisselle. Mon père, dont je m'enquérais régulièrement auprès de sa femme de la date à laquelle il consentirait enfin à mourir, était encore au travail – son cabinet était sis à quelques mètres de notre domicile. Ma mère avait interprété mes larmes comme une preuve de lâcheté ; elle me fixa avec de la haine et du mépris dans le regard, impavide sous sa chevelure flottante. Sa cruauté semblait irrévocable. M'aventurant parfois à chercher quelque douceur auprès de ce corps qui m'avait jadis abrité, j'étais systématiquement arrêté dans mon élan, puis écarté comme un chien. Ma naissance était, chez ma mère, synonyme d'angoisse et de désespoir. Elle luttait sans trêve contre l'idée de me noyer dans l'eau mousseuse du bain ou de m'étouffer sous l'oreiller de mon petit lit. Elle espérait secrètement, elle l'avoua plus tard à un oncle aujourd'hui décédé, qu'il m'arrivât sur le chemin du retour de l'école un de ces prodigieux accidents qui closent les vies inutiles.

Ce soir-là, je fis choir par mégarde un yaourt nature sur le carrelage de la cuisine. Comme issue d'une science exacte, la punition tomba. Immédiatement, je fus soulevé de mon siège par les cheveux, puis traîné dehors, dans la cour intérieure de l'appartement que nous occupions dans cette résidence où pousse encore le houx. Mes hurlements ne firent point naître sa pitié – elle n'en eut jamais que pour les autres. Je sentis sur son visage un éclair de bonheur. Cette mine aride reprenait vie dans le traitement qu'elle infligeait à son fils de cinq ans. Délesté de mon pull-over à col roulé, j'attendrais mon père, que la colère galvaniserait tout à l'heure, dans l'incorruptible froidure de novembre. Je sentais, de manière brouillonne, sans verser une larme, intime déjà avec la douleur de l'humiliation, que le souvenir de cette femme formerait en moi une souillure.

J'attendais, transi, plié en quatre par le vent glacial, un vent qui emportait les enfants dans les airs pour les lâcher au milieu des loups, que mon père vînt me réchauffer à sa manière. Doucement, j'entendais glisser la façade coulissante de la baie vitrée. J'étais seul sur la terrasse dallée ; il était tard. La main de mon père, dure comme un soleil, vint percuter mon visage. Une grande lumière jaillit dans mon crâne. Je fus envahi d'une fraîcheur inconnue, étonnante, suivie d'une sensation de fièvre. Tiré par les cheveux, agoni de syllabes furieuses, jeté ensuite sur mon lit. Je revois nettement sa bave écumante et son poing levé à la façon d'un singe. Une fois seul et absorbé par l'obscurité de ma chambre, j'imaginai que les deux abominables créatures qui me nourrissaient et m'emmenaient à l'école flottaient dans une mare de sang violet. Puis je pensai à des voiliers.

Me levant en sursaut au milieu de la nuit, contaminé par l'effroi qui régnait perpétuellement entre nos murs, je réveillais l'un de ces deux parents. Une enfilade de coups s'ensuivait alors, et tout le monde trouvait le sommeil.

À l'aube, il arrivait qu'on me vît claudiquer, ou cracher du sang ; on m'emmenait chez le médecin – il habitait notre immeuble. On plaisantait avec lui. Je me bagarrais trop à l'école. Les hématomes et les contusions étaient dus aux raclées que je récoltais de la part de grands que j'aurais soi-disant provoqués. « Quel acrobate ! » s'exclamait le docteur avant de raconter une anecdote qui ne me concernait jamais. C'était ma vie ; je ne doutais pas de la vie.

Je me représentais, en guise d'apaisement, mon petit corps sous la terre, loin de la respiration des humains. Mais aussitôt installé sous mon sable, ce père, cette mère seraient venus me déterrer, hors d'eux, pour me battre comme un tapis. Ma mère n'adorait rien tant que m'insulter ; elle proférait à mon égard des insanités terribles que les adultes réservent généralement aux adultes. La récurrente expression « espèce d'enculé », notamment, était censée m'offenser durablement. Quand elle m'abandonnait enfin à ma classe, à mes camarades, à ma maîtresse, ma mère continuait de grouiller dans ma tête, à la façon d'un mille-pattes. Et son parfum, qui se prolongeait en moi, me donnait envie de vomir.

« Qu'as-tu donc, encore, toi, à trembler comme une feuille ? » me demandait, sur le ton du reproche, l'institutrice bleutée. Le « toi » me blessait ; il supprimait mon identité. J'étais mouillé de sueur. Je balbutiais. Puis je souriais. Elle haussait les épaules. « Il faut toujours qu'il se fasse remarquer celui-là », lançait-elle à la cantonade, se servant du public comme d'un couteau qu'elle enfonçait dans ma chair. Je prenais mon petit pinceau et dessinais des maisons à cheminée. À l'horizon, tout au bout de l'océan, je savais que la mort attendait les gens ; et je devinais, et j'espérais mon père à genoux devant elle, secoué de spasmes, implorant sa clémence.

Quant à ma mère, je l'étirais de toutes mes forces, comme un élastique, jusqu'à ce qu'elle me pète entre les doigts.

Cours préparatoire. – La pluie ne cessait pas. Des aiguilles obliques venaient frapper la vitre de la salle de classe. Dehors, les plantes grasses gonflaient la gorge, près d'exploser. Viendrait, après ce déluge, une grande et longue respiration : la terre en sueur. Nous apprenions à lire, ce qui signifie que nous commencions à penser. Au tableau, les lettres se formaient, offrant des boucles, des déliés, des lacets. Je mettais beaucoup d'ardeur à les connaître. J'étais récalcitrant envers les chiffres : ils m'apparaissaient fourbes, tranchants, humiliants. Ils ne soulevaient à mes yeux aucun voile – là où les mots tracés, eux, ouvraient des passages dans les glaces. Leur signification dansait. Je touchais leur fibre, je palpais leur vibration.

Au début, je trébuchais sur chaque syllabe, puis, le cœur chaviré, je m'aperçus qu'aucune ne m'échappait plus ; s'éveillait sous chaque sonorité un sens que je rangeais enfin dans sa réalité. Les verbes, les noms communs, résolus à m'obéir jusqu'à la fin des temps, venaient se poser comme des feuilles sur le bitume, formant le tapis de toutes choses. Des illustrations accompagnaient le texte, qui me fascinaient parce que, pour la première fois, l'image m'apparaissait secondaire : une béquille. Ce qui importait, c'était la lecture, c'était l'écriture ; j'eusse rêvé d'avoir déjà quelque chose à dire afin de me livrer, tremblant, à des improvisations syntaxiques. Je jouais des mots comme on souffle la toute première fois dans une trompette. Les notes obtenues, incontestablement lamentables, m'enivraient. Je mastiquais mon crayon, j'étouffais de bonheur : ce bric-à-brac encore confus, cette infinité de lettres, je les arrangeais entre elles comme on déplace des pions dans un jeu qu'on invente à mesure qu'on s'y livre.

Un amour maniaque était en train de se déployer ; j'essayais de m'aventurer dix leçons plus loin dans le manuel, ne rencontrant hélas qu'un silence fatidique : trop de mots, remplis de lettres inconnues, d'agencements compliqués. Il faudrait attendre – il m'en coûtait. Je me couchais contre mon livre le soir ; je souhaitais accélérer le processus par une opération mystique, l'infusion en moi, par le simple ministère du sommeil, de tous les paragraphes de cette bible.

Ce que je disais, peu à peu, je pus l'écrire ; ce que je voyais, je pus le décrire. Une moitié de la vie se vivait, l'autre se racontait. J'étais fluvial. Je remplissais des pages et des pages de lettres magnifiquement exécutées souffrant d'un coude mal achevé, d'une hanche ratée, d'une encolure approximative. Je gommais et recommençais. Les choses sans nom, doucement, se raréfièrent ; je vis davantage clair. On pourrait désormais faire de moi ce qu'on voudrait, je possédais un pouvoir irrévocable : écrire. Dans notre manuel, il était question d'un blond garçonnet flanqué d'un écureuil ; il vivait dans une maison de la petite bourgeoisie, coloriée d'une main naïve, où l'herbe poussant sur le patio étalait son vert pastel tendre. Le père, amateur de pipe, n'aimait rien tant, pour se détendre après une journée de travail qu'on imaginait harassante, que lire le journal devant une cheminée qui tirait parfaitement. La mère, amoureuse de son fils – il portait à chaque leçon, le sempiternel même short rouge ainsi qu'une marinière qui ne s'usait jamais –, paraissait éprouver une passion particulière pour le raccommodage et montrait un engouement certain pour la préparation du dîner.

Les phrases ahanées faisaient vivre ce petit monde, asphyxié dans la fixité de ses illustrations : les mots débordaient le dessin, qui semblait toujours en avance – ou en retard – sur la situation lue. J'ignore ce qu'est devenue cette bicoque enchantée, de tôle et de crayons de couleur : elle doit probablement moisir dans un grenier, ou gésir sur des fonds de coraux.

Sous une pluie battante, glacée, je rentrai. Je m'arrêtai dans une épicerie du faubourg Saint-Jean où j'avais pour habitude, en vain, de réclamer une tablette de chocolat blanc à l'effigie d'un dauphin. Sans doute, davantage que le chocolat, c'était le dauphin que je voulais manger. Je subtilisai le précieux trésor, l'engouffrant sous mon K-way trempé. L'épicière, cacochyme, n'avait rien remarqué. Je revois deux pauvres travées d'aliments, éclairées par un sillage de lumière pâle. Ma mère découvrit immédiatement mon forfait ; je reçus une gifle et, en même temps qu'elle, le mot « gifle », qui me parut ressembler à sa réalité. Le mot exprimait parfaitement, avec son *f* sifflé, cette fente où le vent de toutes les violences parvenait à s'immiscer pour s'abattre sur la joue. Le *i*, par sa stridence, préfigurait l'aspect cinglant de l'opération. Et le *l* final, mouillé, comme si la main surgissait de l'océan, transportait de l'écume et portait des ailes. La gifle, comme son avatar lexical, était maritime et aérienne ; il y entrait un je ne sais quoi de voltige salée.

Ma mère disparut dans la pénombre du salon, où stagnaient toutes les colères à venir. Elle revint avec un écriteau sur lequel, à l'aide d'un marqueur noir qui provoquait la nausée, elle inscrivit une formule qu'elle exigea, « puisque monsieur savait soi-disant lire », que je déchiffrasse à haute voix. Encore trempé de ma pluie, et cette pluie elle-même se trempait de mes larmes, je commençai mécaniquement de décrypter les mots qui me faisaient face. « Tu n'en réchapperas pas vivant ! » hurla ma mère, grimpée sur une chaise à la recherche d'un morceau de ficelle. Elle me promit des sanctions que j'ai oubliées, mais dont toutes se constituaient de désastres, de naufrages, de fin du monde, d'apocalypses spécialement déclenchées contre ma personne.

J'affrontai mon texte avec courage, séchant doucement mes larmes et remettant la panique à plus tard. La vie me paraissait une vieille chose laide, un trou qui s'effondre, une soupe remplie de langues coupées. « Alors ? Ça vient ? » Les yeux en amande de ma mère, d'un vert de thé, se nimbèrent d'une haine inoubliable. Son regard, que les années n'auront jamais été capables d'adoucir, était un instrument de mort, susceptible de rouvrir les cicatrices des êtres les plus blessés, de fabriquer des eaux stagnantes et polluées, de lancer des lames et de perforer les cœurs. La méchanceté foisonnait en elle. « Jamais tu n'aurais dû naître. Jamais ! Tu comprends, petit enculé ? Est-ce que tu comprends, dis ? » éructait-elle en me secouant. Un soir, je m'étais passé un lacet autour du cou, dans ma chambre, mais la beauté d'une amoureuse, rencontrée l'année précédente et partie avec sa famille vivre à Paris, m'avait servi de refuge et de sursis. L'excès de tristesse avait guéri ma tristesse et, dans un brouhaha de visions lugubres, j'avais entrevu un petit morceau de son visage poupin, aux reflets violets, et perçu un fragment de son rire que je conserve encore dans ma poche, aujourd'hui, si je serre le poing.

Elle s'appelait Nathalie Ibarra ; sa beauté serait la mienne, ainsi que sa joie. Je me perdis dans ce fantôme. J'affrontai ma mère comme si j'habitais dans un recoin de Nathalie, entre les poumons, aux contours du foie, ou dans un des mollets achevé par une socquette blanche en accordéon.

La pluie avait cessé ; la réalité, derrière la vitre de la cuisine, possédait la couleur d'un vitrail. Ma mère accrocha l'écriteau à la ficelle qu'elle avait fini par trouver, et me la passa autour du cou. Puis elle exigea que je misse mes mains sur la tête, à la façon d'un otage ou d'un prisonnier. Les voisins écoutaient *Tannhäuser* – je mis des années à mettre un nom sur la musique qui avait si bien résonné avec l'apogée de mon anxiété. Parmi les galaxies, quand le monde humain ne sera plus, que Wagner ne se distinguera plus du silence, que les tragédies et les commotions se seront tues, que l'histoire sera scellée dans la crypte du néant, on distinguera peut-être le chant lamentable des enfants qui furent.

Sur le panneau positionné dans mon dos, en lettres majuscules, on pouvait lire : « JE SUIS UN VOLEUR ». J'avançais, mains sur la tête, vers l'épicerie du délit. Les passants, figés, ne s'indignaient pas ; je crois bien qu'ils riaient. « Vous n'en voulez pas, par hasard ? Je vous le donne », leur lançait ma mère en exerçant sur moi des poussées répétées. Je priais pour ne pas croiser de camarade ou le spectre de Nathalie Ibarra. Devant le petit magasin, qui arborait des fruits recouverts par la cendre des pollutions citadines, je marquai un temps, tel le cheval refusant son obstacle. C'est alors que je vis se dessiner dans le ciel une courbe ample et souple, exécutant de nombreux lacets : c'était la main de mon père qui tournoyait dans l'azur. Il nous avait rejoints, prévenu par un de ses patients, et m'avait asséné une gifle magistrale qui sembla lui faire autant mal qu'à moi-même puisqu'il afficha, grimaçant, un signe de douleur sur sa trogne de bouledogue.

L'épicière, Mme Thauvin (son nom vient de transpercer les années pour rejoindre cette phrase), était une brave femme dépourvue de méchanceté ; elle n'approuvait pas l'aspect spectaculaire de la punition. Confiante en l'être humain, elle m'offrit, pour apaiser mon effroi, un ourson mou et sucré, de couleur brune et de texture craquelée, composé d'une épaisse guimauve blanchâtre. Mes parents, vexés par cette réaction terriblement digne, ne mirent plus les pieds dans la boutique pendant un long mois. « Tu vas nous le payer cher », avait lâché mon père en sortant. Ma mère se taisait et souriait.

Ma chair, par avance, se laissait pénétrer par la douleur, acquise à l'évidence des représailles. Il faisait beau à présent dans la rue ; les pans de ciel qui se reflétaient dans les flaques dessinaient des masques aplatis et animés. Une lumière douce imprégnait le décor. Le retour progressif du soleil et de son feu plaisant me donna envie de lire, d'épeler des pages du manuel qui patientait sur mon pupitre. Je regardais les oiseaux tourner, là-haut, rasant le bleu. Une foule humaine sortit d'une usine. Nous croisâmes un caniche minuscule doté d'une tenue de pluie. J'eusse voulu aspirer toute cette lumière avec une paille, laissant derrière moi un gouffre de boue.

Cours élémentaire première année. – On m'inscrivit de force au piano. La pimbêche qui me prodiguait les cours m'interdisait, sous peine de mort, de poser le moindre doigt sur les touches du clavier. J'étais vissé devant l'instrument, livré aux démons du solfège, qui me tourmentaient sans interruption. Je ne possédais aucun goût pour la théorie musicale ; je voulais jouer, taper des notes, entendre du son. J'ai longtemps attendu ce moment, qui ne vint jamais. La professeure se lassa, dégoûtée par mon manque de talent. Elle s'en plaignit à mes parents, qui virent en moi un simple raté. « Ça ne nous étonne pas de lui. Il ne sait rien faire. » J'étais « bête à manger du foin » ; je « finirais apprenti ». Il ne fût venu à l'idée de personne, au sein de la cellule familiale, que l'artisan, en contact perpétuel avec les choses, connecté à leur matière, à leur acier, à leur bois, exerçât la plus haute activité de l'homme. Tous, comparés à celui qui usine, qui découpe, qui produit des copeaux, qui fait jaillir des étincelles, nous sommes des barbares, des prétentieux et des aveugles.

Je rêvais d'être boucher. Travailler dans la sciure et

le sang, le tablier taché. Entendre claquer le rumsteck, l'aloyau ou l'épaule sur l'étal. Écrire au crayon de bois les prix sur le papier gras enveloppant un collier de bœuf. J'aspirais à côtoyer la chair animale ; celle des taureaux – vigoureuse et rebondie –, des vaches, des veaux ; celle des brebis, des béliers, des moutons ; celle du verrat, du porc et de la truie. Tel serait mon destin : vieillir parmi les muscles vermeille, la graisse, les rachis que je me voyais fendre longitudinalement à l'aide d'un sabre étincelant, brisant les vertèbres de la bête, tandis que cédait comme le beurre son tissu rose violacé, dense, membraneux. J'incisais, faisant gicler la pulpe de ces viandes. J'alignais les morceaux dans la lumière oblique de mon échoppe ; les fibres musculeuses produisaient des reflets irisés mélangés aux faisceaux métalliques des néons.

J'aimais par-dessus tout observer la viande de porc, rosée, enrubannée dans sa graisse lourde ; la vision du lard m'était une promesse de bonheur – c'était là un remède à tout ce qui se casse et se brise, l'exact contraire de la porcelaine. Quand le porc est échaudé ou brûlé, il semble sortir d'un bain de bronze.

Mon père, cette année-là, en eut assez de m'entendre, à travers la cloison qui séparait la chambre parentale de la mienne, faire des cauchemars. Je hurlais le plus souvent aux alentours de quatre heures du matin, ce qui l'empêchait de se rendormir et l'anéantissait pour la journée. Une nuit, ses nerfs lâchèrent – il est à noter qu'ils lâchaient souvent. Ce qu'il mit à exécution fut à la fois monstrueux et enivrant ; je vécus l'événement comme s'il fût appliqué à un autre. Je m'excluai de la dramaturgie, parallèle à moi-même, absent en quelque sorte du châtiment, extérieur à l'aventure. J'avais la sensation de jouer. Je n'étais pas dupe. La scène procédait d'abord et avant tout de la fiction.

Au lieu de m'étriper, il m'extirpa : de mon lit – par les cheveux, et c'est en pyjama, chaussons, recouvert de mon anorak, que j'atterris dans la Peugeot familiale (une 404 blanche aux pneus dépareillés qui sentait le caoutchouc brûlé). « Je vais mettre du foin dans tes bottes, moi, tu vas voir ! » marmonna mon père, sans que jamais – encore aujourd'hui – je ne comprisse la signification de cette formule.

Il roula, d'abord pied au plancher puis plus lentement, dans le secret absolu de la nuit. Tournant à gauche, dans un crissement exagéré, je reconnus les silhouettes des arbres d'un jardin dont jamais je n'eusse cru qu'il pût paraître si inquiétant. La rue Basse d'Ingré, la rue des Maltotiers, synonymes de jeux et d'algarades joyeuses, me faisaient à présent froid dans le dos. Les façades, qui dans la journée chauffaient au soleil comme des chats, ressemblaient, déformées par l'horaire et la situation, à des murs de peloton d'exécution.

Tout au bout du faubourg Madeleine, après le cimetière d'où les morts avaient l'air de s'échapper les uns après les autres sous forme de mauvaises ombres, j'aperçus une croix de pierre encerclée par une grille décharnée et griffue. Elle était là depuis toujours ; les années avaient capitulé parmi les herbes grasses et emmêlées qui poussaient autour d'elle, sur elle. C'était une croix destinée à l'oubli, engoncée dans une solitude définitive, sur laquelle la lune, dans ce grand décor mauve et désolé, posait des rubans pâles.

Nous quittâmes bientôt les lumières de la ville, les halos orange, les faisceaux bleutés, les feux de signalisation, les enseignes publicitaires. Nous entrions dans le noir, un noir colossal et impénétrable, à peine troublé par les deux lasers jaunes des phares qui, tels des glaives tranchants, le perforaient, repoussant sans arrêt les frontières de l'infini. Je capitulai ; je hurlai, j'implorai. Je présentai mes excuses pour les réveils nocturnes. Je ne ferais plus de cauchemars, je le promettais de toutes mes forces. Mais la voiture, butée, continuait de rouler vers nulle part, que rien ne semblait pouvoir stopper. Elle était irrémédiable ; la route, depuis longtemps, était désertique, entourée de silence derrière le bruit du moteur. Soudain, mon père mit la radio ; j'entendis la voix d'un journaliste à l'accent rocailleux. Devant nous, la départementale, rectiligne et lugubre, proposait sans cesse des bifurcations horribles, des chemins de campagne terrifiants. Tout exhalait la solitude infinie de Dieu.

La voiture emprunta, selon mes pires craintes, un chemin de boue craquelée de givre, que le froid fissurait. J'étais anéanti. Je sentis le souffle des bois, prêt à m'encercler de son haleine glacée. La forêt d'Orléans, la nuit, est prompte à dévorer les petits innocents, effaçant jusqu'à la trace de leur passage dérisoire sur la terre.

Le problème des forêts, c'est qu'elles sont ouvertes vingt-quatre heures sur vingt-quatre. On peut s'y délester d'un enfant quand bon nous semble ; c'est ce que fit mon père, obsédé à l'idée qu'il lui faudrait tout le week-end pour compenser la nuit blanche que j'étais en train de lui faire passer. Il sortit et me demanda de faire de même, ce que je refusai. Mes hurlements étaient étouffés par l'habitacle de la voiture. J'appuyai sur le cliquet de sécurité. De colère, il faillit faire exploser ma vitre. Il revint à la place du conducteur puis, m'insultant – il ne pouvait supporter qu'on ne se pliât point à sa volonté –, il m'arracha de mon siège. Je ressentis une douleur intense au coccyx. Je tombai dans un fossé rempli de ronces, d'orties et de gadoue pétrifiée. Je perdis un chausson et une épine me transperça la plante du pied. Le moteur rugit, puis je vis la voiture disparaître dans l'horizon noir.

Je criais de toutes mes forces, mais ma voix allait se perdre dans les arbres, s'enroulait autour des branches, périssait au milieu du tronc ; son écho rebondissait et revenait me surprendre ; je me faisais sursauter moi-même. Tout, dans cette profondeur humide et ténébreuse, exigeait ma mort. Dans ma poche, je sentis un morceau de chocolat abîmé. Je l'engloutis machinalement, comme s'il en allât de ma survie. Mon père ne revenait pas ; j'entendais, stoppant mes sanglots pour le guetter, le murmure du moteur dans l'inaccessible lointain. Mon géniteur s'en était retourné chez les hommes, m'abandonnant aux bêtes. Chaque bruissement m'épouvantait, chaque agitation du vent dans les taillis réenclenchait mes pleurs et mes hurlements.

Après une heure d'effroi, je me couchai sur un lit de pierre, sculpté par les saisons ; la tête appuyée sur une partie moussue, les yeux ouverts vers le ciel, j'attendais qu'une créature ailée vienne me soulever et me ramène dans mon petit lit de contreplaqué blanc. J'éternuai. Le froid commença de m'engourdir et la pierre devint un bloc de glace. D'innombrables animaux m'entouraient ; je n'osais bouger, à peine respirer. La lune était la seule chose que je reconnaissais. Des bouquets de gueules se tenaient prêts à me dévorer. J'avais peur de loups, d'ours, de gorgones. Et, trouant la masse grise, de boas lents et lustrés. J'étais terrorisé à l'idée de rencontrer le serpent de la Bible ; je le craignais plus qu'aucun autre, à cause des illustrations de Doré. Je passai là une heure, peut-être deux, après quoi j'entendis le même moteur du même véhicule. C'était ma mère qui conduisait, mon père s'étant finalement abîmé dans une sieste matinale réparatrice (il avait décommandé sa clientèle jusqu'à midi).

J'étais sauvé ; sur le chemin du retour, décidé à ne plus jamais réveiller quiconque au cœur de la nuit, je me jurai de ne plus faire de cauchemars, autrement dit de ne plus dormir. C'était, de loin, la meilleure solution. Après une douche expéditive, et de nouvelles réprimandes (maternelles, celles-là), on m'accompagna à l'école. Je dus avoir suffisamment mauvaise mine pour que la maîtresse s'intéressât à mon état. Évasif, je répondis que j'étais fatigué d'avoir « trop lu ». Je ne fus pas cru. « Que lisais-tu donc ? » Je répondis que, chaque soir, avant d'éteindre, je me plongeais dans *Les Aventures de M. Pickwick*. Cela se solda par un « exposé » à préparer sur les aventures en question. C'était, à cette époque – mais dans une version, je crois, simplifiée –, mon livre de chevet. Le lundi suivant, je montai sur l'estrade, une simple feuille dans la main. J'écrivis le beau nom de Dickens au tableau, omettant par étourderie le *c*, et résumai, avec force périphrases et beaucoup de confusion, les quelques pages que j'avais lues.

Si j'avais bredouillé, c'est parce que Delphine Rousseau, dans sa petite blouse bleu azur à fermeture Éclair, me plaisait d'amour. Je fomentais le projet de la demander en mariage. Elle était gênée par la fréquence de mes regards, s'en était plainte à sa meilleure copine, qui me l'avait répété. Je n'osai plus poser un seul regard sur elle. Cet amour irréciproque, qui me forçait à fixer le carrelage quand je la croisais sous le préau, finit peu à peu par s'user, jusqu'à disparaître. Un matin, après une épreuve de calcul mental durant laquelle je m'étais une fois de plus ridiculisé (je n'ai jamais su compter), elle était venue poser sa main dans mes cheveux. Et je l'avais giflée.

Cours élémentaire deuxième année. – La tristesse a davantage besoin d'une cause que la joie ; parfois, un simple sizerin se posant sur la branche d'un noisetier, ou les rayons du soleil fabriquant des arcs versicolores à travers les jets d'eau installés sur la pelouse de la résidence où nous vivions, suffisait à me procurer une sensation d'intense bonheur. Mon bien-être était gratuit, fruit de la rêverie, quand mon désespoir, au contraire, s'avérait constamment relié à l'existence de mes parents, à leur présence sur cette terre et dans ma vie.

Je ne parvenais jamais à entrevoir quel avantage la souffrance pouvait engendrer ; je ne lui accordais que des inconvénients. Aucune catégorie de l'activité humaine, en dehors de la prière qui s'en nourrit, ne nécessite le malheur. À commencer par la création littéraire, qui réclame ouverture aux autres et oxygène : pollués par la mélancolie, nous produisons des œuvres qui sentent le renfermé, s'affaissant sous le poids de leur propre gravité.

Il neigea beaucoup cet hiver-là ; pendant une bonne moitié du mois de décembre, la cour fut recouverte d'une nappe épaisse, croûteuse, ornée d'éclats bleutés, qui ressemblait aux œufs d'une île flottante. On eût mangé de cette matière. J'en voulais à ceux qui, traversant la cour tandis que j'étais prisonnier de la classe, souillaient de leurs bottes sales l'étendue mystique et immaculée, laissant derrière eux des empreintes profondes et brunâtres, couleur de café au lait. L'institutrice, Mme Lecloux avait procédé à un tirage au sort. Dans un chapeau melon, nous avions tiré chacun un ticket sur lequel était inscrit l'intitulé d'une leçon. Je tombai sur la table de multiplication des 8, que je détestais entre toutes. Aujourd'hui encore elle m'apparaît – de très loin – comme la plus difficile. Elle ne coulait pas avec la fluidité de ses consœurs et finissait toujours par s'enrayer dans mon cerveau.

Interrogé, perdant mes moyens, je sortis n'importe quelle série de chiffres, tous aléatoires et sans rapport avec la table maudite. Je fus immédiatement envoyé au coin. Mon lieu favori ; le piquet promettait chaque fois de nouvelles sources d'observations, d'interrogations, de réflexions. Telle anfractuosité dans le plâtre, que je n'avais pas remarquée lors de mon précédent séjour, était la promesse d'émerveillements sans fin. J'apportai une méticulosité infinie à me concentrer sur une fissure qui me semblait depuis la dernière fois s'être élargie, du moins modifiée. Lorsqu'un hanneton, une fourmi rousse, une araignée se mettaient à exister dans cet angle où les bannis échappaient miraculeusement aux fétides leçons, une liesse intérieure m'envahissait. Le dos arrondi, et tourné, je possédais le plus précieux des trésors : toute la solitude du monde, la sensation libératrice que je ne parviendrais jamais à rien dans l'existence. Cet aveu d'échec me causait une irrémissible joie. L'échec, l'erreur, la nullité, l'imposture, le ratage, c'était moi – j'avais trouvé ma place au milieu des foules humaines. Ce sentiment d'impasse me libérait ; je flottais, bienheureux, dans le mépris qu'on me vouait. Jamais je n'eus le moindre camarade ; jamais, non plus, le moindre représentant de l'Éducation nationale ne m'avait prodigué, ni ne me prodiguerait, le plus petit encouragement, le plus infime compliment. Je n'appartenais qu'à ma propre médiocrité, abandonné dans ce cosmos, simplement toléré dans un coin, au coin, délaissé à la fois par les adultes et par les enfants.

Ainsi défait pour la vie, démoli, écroulé, aboli, je pus me livrer à toutes les folies littéraires, dans la plus grande impunité. Puisque ma participation au déroulement des événements n'était ni encouragée, ni même souhaitée, on accepta que je remplisse des cahiers de cafouillages narratifs dont je ne fis qu'une seule et unique lecture publique, à la fin d'une récréation : l'autorité scolaire, se sentant outragée par un passage la concernant, confisqua le cahier et convoqua mes parents sur-le-champ.

Il était question, dans ma prose, d'une description physique de la maîtresse, dont les seins tombants, le postérieur abondant et les taches de rousseur avaient abondamment influencé ma plume. Cette convocation me terrifia, qui signait mon arrêt de mort. Penaud, je montai à la fin de la journée sur le pupitre de ladite autorité et, implorant, jurant que je ne recommencerais jamais ces inepties moqueuses – désormais, j'écouterais, je me concentrerais, j'entrerais en docilité comme on entre en religion –, je me mis à genoux et joignis mes deux mains. Cette brave femme ignorait évidemment tout de ce que signifiait pour moi sa décision ; c'est qu'on me décapiterait. Elle resta inflexible et, dans mon cahier de textes, rédigea un mot lapidaire, à faire dûment signer par les deux parents pour le lendemain. Il fallait qu'elle les rencontrât au plus vite ; l'affaire était grave. Je ne fus guère pressé de rentrer et, sur le chemin, traînai le pas.

J'avais cherché en vain quelque condisciple qui eût accepté de flâner avec moi au lieu que de s'en retourner chez lui ; mais les parents venaient généralement chercher leur progéniture à la sortie de l'école, et je dus me rendre à l'évidence : l'heure à venir serait à affronter dans la solitude et la neige. Une fois chez moi, plutôt que de tergiverser, je décidai de me débarrasser de la question fâcheuse : je montrai immédiatement le mot à ma mère, qui me gifla en retour puis se pencha sur mes travaux. Stupéfaite par tant de vulgarité, de hardiesse mal canalisée, elle appela mon père au téléphone ; j'entendis une voix sépulcrale tonner dans le combiné. Il ne pouvait venir tout de suite, mais le châtiment serait, à l'entendre, délivré au prorata du préjudice commis sur la personne de l'enseignante.

Pour Noël, je commanderais une bêche avec laquelle, dans un compartiment herbu du jardinet, je creuserais un trou où s'enfoncerait le couple qui m'avait fait naître. Ce serait une béance de belle dimension, profonde comme la nuit, où je les jetterais de toutes mes forces après les avoir empoisonnés.

Je mordis ma mère à la main jusqu'à faire gicler le sang ; elle hurla. Elle fixa sa blessure avec frayeur, comme si le tétanos devait la figer immédiatement dans la mort. Elle m'envoya un verre à moutarde au visage, qui me fissura la lèvre inférieure avant d'aller se briser sur le carrelage. Me saisissant par les aisselles, elle me roula dans les morceaux de verre, qui pénétrèrent ma chair comme des fourmis incandescentes. Enfin, manquant de m'arracher le bras, elle me traîna jusqu'au couloir, où s'abattirent sur mon crâne des coups de parapluie. Les vagissements qu'elle poussait modifièrent l'espace-temps ; tout se courbait autour de ses plaintes, la lumière ployait, les ondes se tordaient, le temps se creusait ; les murs s'effritaient. Elle examinait mes réactions, car hurler était destiné à me planter ses cris dans le cœur. Déchaussé, je fus jeté dehors à la façon d'un sac d'ordures. Le petit parc de la résidence, recouvert de neige neuve, offrait un spectacle sans égal ; tout, dehors, paraissait pur et simple et net. Des perles étincelaient ; c'était un orient gelé.

J'attendis sur le palier que mon père rentrât ; nul doute qu'il compléterait la volée maternelle par une raclée de son cru. Tandis que je déchiffrais un catalogue de jouets déposé gratuitement sur le rebord des boîtes aux lettres, je le vis faire irruption dans le hall, prenant son élan vers moi. Il me souleva de terre, comme un paquet serré, avec la virilité d'un titan. Je fermai les yeux, braillant. Me hissant jusqu'au plafond, il me laissa choir de la hauteur de ses bras verticalement tendus. J'attendis une flopée de coups de pied – une de ses spécialités – mais je lus comme une hésitation inaccoutumée dans la gamme des possibilités qui s'offrait à lui pour me brutaliser. Décontenancé par son propre manque d'à-propos, d'imagination – sans doute était-il perturbé par le fait qu'il n'avait pas lu le texte incriminé, ce qui ne lui permettait pas de régler correctement, selon la logique qui lui était propre, la riposte sur l'outrage –, plutôt que d'augmenter l'intensité des coups, ou leur fréquence, il improvisa en me crachant au visage.

Ma mère surgit à cet instant précis de derrière la porte, hilare, et, tandis que je restais au sol, en boule, me protégeant avec les bras d'éventuelles giboulées, elle me renversa le contenu de mon cartable sur la tête : « Tiens ! Tu rangeras ce bordel ! C'est n'importe quoi là-dedans ! Et ça pue ! Ça pue comme toi ! » Mon père lui saisit l'avant-bras dans un geste d'apaisement, l'avisant d'un hochement de tête que le dossier était clos. J'avais payé pour mon forfait.

« Petit enculé, va ! Il va avoir ma peau ce gosse ! »
Et c'est elle, à son tour, faisant deux pas dans ma direction, qui m'adressa un venimeux crachat que je reçus dans la nuque.

Ils claquèrent la porte, me laissant sur le pas. J'entendis encore cette phrase, étouffée : « Si c'était à refaire... Je n'en peux plus. » C'était ma mère qui sanglotait. « Ça ne peut plus durer. » Puis, à mon adresse, de nouveau, à tue-tête, s'égosillant comme s'égosillent les déments, laissant traîner chaque syllabe et poussant chaque consonne dans les aigus : « Va te faire enculer ! »

Je passai ainsi une heure, sur le seuil du foyer, assis sur le paillasson rêche et louche qui finissait par me picoter le derrière. Un voisin rentrant chez lui, s'avisant de ma situation, m'adressa un sourire puis appela l'ascenseur. Avant de s'y engouffrer, il me lança : « On a fait des bêtises, hein ? » Puis il mima de manière fantaisiste l'administration d'une fessée. La nuit était tombée sur la neige blanche ; un parterre violet, tantôt mauve, s'étendait dehors. On dut avoir pitié de moi puisque je fus autorisé à dîner et même à regarder un dessin animé, ce qui était, d'ordinaire, strictement interdit. Il s'agissait d'aventures lunaires. Un trio, créé par Jean Image, dont l'un des membres était en proie à une passion maniaque pour les duels à l'épée, provoquait un Sélénite en dégoisant des formules cabalistiques. Le pierrot qui l'assistait semblait avoir le béguin pour une fillette au visage livide et rond maquillée à la façon d'une écuyère.

Une fois dans mon lit, je m'aperçus qu'il manquait un œil à mon ours en peluche. J'allais devoir passer la nuit avec un borgne.

Cours moyen première année. – Dans les travées d'Auchan Saint-Jean-de-la-Ruelle, dans une lumière d'hôpital sous laquelle étaient exposés les biftecks, les paires de chaussettes, les tubes de lait concentré, la lessive et les livres, je me mis à feuilleter mécaniquement un recueil dont les pages étaient pleines d'oasis, de chameaux, de chemins poudreux, de narguilés, de palmiers, d'ânes, de dattiers et de djellabas.

Occupée à faire ses courses, ma mère, sans le savoir, m'avait laissé en compagnie d'André Gide. Un Gide en sandales et chapeau de paille, un Gide de casbah cuit par le soleil d'Algérie, entouré d'enfants rieurs dévalant des dunes. Je restai ainsi de longues minutes à contempler ces photos d'un autre temps, d'un temps si lointain qu'il semblait plus imaginaire que révolu. J'oubliai Gide, lorsque quelques mois plus tard, relégué au fond d'une classe qui n'était pas la mienne – mes camarades étaient partis sans moi en classe de neige –, le hasard m'avait mis de nouveau face à lui dans *Le Petit Larousse illlustré*.

J'ignorais encore quel infaillible ascendant l'auteur des *Nourritures terrestres* aurait sur moi ; quelque chose, toutefois, venait de se déclencher : un monde parallèle, où nul ne viendrait m'humilier, un univers inaccessible aux brutes et aux parents, rempli de mystères, de Gide et de mots, m'ouvrait grand les bras. Je m'enivrais jusqu'à la lie des dates de sa naissance et de sa mort ; ces dates me faisaient vaciller de bonheur. 1869, 1951, et tout ce qui se situait entre elles m'indiquait les portes d'une époque où tout ce qui m'intéressait, me concernait, se trouvait (j'entends : se trouvait encore) à ma disposition, sans que jamais je m'en fusse douté. Je pris dès lors cette décision, qui ne me quitterait plus, de descendre en Gide sans reprendre souffle, jusqu'à d'inimaginables profondeurs. Ce n'étaient point des incursions que je décidai de faire dans son œuvre, dans sa vie : mais des retraites. J'allais y passer des séjours entiers, des vacances complètes.

C'était là désormais que j'habiterais, que je logerais : non pas chez Gide, mais en Gide. Je serais non pas gidien, mais Gide lui-même, ou plutôt une excroissance inédite de Gide – un morceau de Gide disponible, valable, pour mon temps de vie sur terre. Cette chimère ne fut pas vaine : elle m'ouvrit les champs de la littérature. On pouvait donc respirer ailleurs et avoir froid autrement. Je pris la décision irrémédiable de me quitter moi-même, d'abandonner mes vêtements, et jusqu'à mon corps, jusqu'à mon existence, pour ne plus me coucher et ne me lever que dans les livres. À table, dans la voiture, au lit, dans le salon, chez les gens : tremblant, chancelant, absorbé par les romans que partout j'emportais. Je fis feu de tout bois, ne lisant que des œuvres dites « pour adultes ». J'avais pressenti l'escroquerie propre, par exemple, à la Bibliothèque rose (et plus encore à la verte, destinée aux adolescents) : je ne voulais pas de ces artifices puérils à la réputation de « lectures faciles ». Je n'éprouvais de plaisir qu'au contact de la littérature tout court, aux miroitements extraordinaires de la phrase gidienne d'abord (c'est vers elle, sans arrêt, que, comme aujourd'hui, je revenais). Je me fichais bien de savoir si une telle passion pour André Gide représentait, à neuf ans et demi, une hérésie, une ineptie, une incongruité ou une démence : je dévorais les *Nourritures*, dont j'appris par cœur des passages – mon favori était celui sur les torrents et les eaux. Je considère toujours qu'il s'agit d'un des plus grands chefs-d'œuvre jamais écrits en langue française.

Étranger au tohu-bohu, aux claques, aux fessées, aux humiliations dont je ne cessais de continuer à faire (le plus souvent arbitrairement) les frais, je savourais mes Gide à longueur d'heures, de journées, de congés scolaires. J'étais au paradis. Chaque paragraphe, chaque phrase, chaque mot m'éblouissait. Cette prose si nette, bien que riche de lacets, de déliés, de reliefs, de chausse-trappes, me permit un accès définitif à la beauté. Pour moi, depuis lors, ce qui est beau est d'abord ce qui est bien écrit. Je tentai d'imiter mon maître. Ce fut vain et désespérant : mon « style » était entortillé, truffé de verrues. Ne pas parvenir à reproduire cette simplicité, cette étrange façon de dire l'évidence sans lieux communs, me plongea dans un désarroi profond. Alors (je me souviens que pendant ce temps se déroulait la Coupe du monde en Argentine) je me mis stupidement à recopier des pages entières de mon dieu vivant (car Gide, bien que décédé, n'était pas mort) ; le motif que je préférais était *Si le grain ne meurt*, dont le titre, par son mystère et son élégance, ne cesserait de me combler. Ne comprenant nullement d'où il sortait, ni surtout ce qu'il signifiait, il me transportait dans ce qu'il convient d'appeler par son nom : la poésie. Il s'agit, à mes yeux, du plus beau titre jamais donné à des Mémoires – et peut-être même à un livre. Toute la journée, comme un fou, je me répétais, marmonnant, « si le grain ne meurt… si le grain ne meurt… », appuyant tantôt sur le « si » et tantôt sur le *r* de « grain » que je voulais rendre rocailleux.

Mes parents ne manquèrent pas de s'aviser de ce dérèglement. D'abord absorbés par d'autres tourments (dont je me fichais bien), ils n'assistèrent pas aux balbutiements de ma maladie (une gidite précoce). Ils constataient simplement que je lisais et que, lisant, je leur fichais la paix. C'est tout ce qu'ils demandaient. Ils ne se doutaient pas qu'un gidien avait grandi chez eux à leur insu, était (nourri, blanchi par leurs soins) en train de ronger leur espace vital, de menacer leur équilibre, bref, de les mettre en danger.

Ils entreprirent hélas de réparer leur incurie passagère. Pour commencer, tous mes trésors furent confisqués, tous mes biens furent spoliés. J'avais volé la plupart de mes précieux volumes (*Les Nourritures terrestres*, *Si le grain ne meurt*, *La Symphonie pastorale*, *Paludes*, etc.) à Auchan, à la bibliothèque municipale ou dans la bibliothèque des maîtres. Je revois un sac poubelle immense, rempli de raviolis froids et de pots de yaourt, où mes Gide furent irrémédiablement engouffrés. Quand, nuitamment, bravant les pires interdits et risquant une séance de représailles musclée, je me levai, tremblant comme une feuille d'automne, pour les récupérer afin de reconstituer ma petite bibliothèque gidienne, je ne pus retenir mes larmes. Mes meilleurs amis, abîmés, tordus, gisaient là, ainsi que des carpes éventrées aux yeux sans vie, mélangés à la crème, à la sauce bolognaise, aux épluchures, aux bouteilles de plastique. Souillés à jamais, ils étaient irrécupérables en l'état. Je ne parvins à sauver que *Paludes*. L'exemplaire, que je possède toujours, porte, éclaboussé de taches orangeâtres, la marque indélébile de cette impardonnable infamie.

Mon père, nu, caressant les poils de son torse, s'aperçut de mon expédition au petit matin ; les couilles ballantes, avec une force invincible, il me saisit par le poignet et me traîna jusqu'à la poubelle :

dans ma tentative de sauvetage de ces inestimables exemplaires, j'avais renversé une part du contenu du sac. Dressé devant moi, je le vis serrer les dents en abaissant la lèvre inférieure. L'extension de ses mains, aussi larges que des ailes, me parut monstrueuse. J'eus la sensation, quand la droite s'abattit sur moi, que ma tête se dévissait. Puis il agrippa mes cheveux, me fit un de ces croche-pieds que je pratiquais moi-même sur autrui dans la cour, pendant les récréations, ce qui me précipita sur le sol dur et froid de la cuisine. Enfin, comme saisi de folie, il vida le sac poubelle sur moi. J'avoue bien volontiers que Gide, dans ces moments de grand tracas, ne m'était que d'une piètre utilité. Les forces puisées en le lisant, me faisant accroire que la vie serait douce à jamais et que je saurais désormais passer entre les dérouillées comme on passe à travers les gouttes, m'avaient abandonné. Avoir lu Gide ne m'avait servi à rien ; j'étais revenu au point de départ, livré à mon impuissance, à ma laideur, à mon néant. Non que je n'espérasse de la vie que des caresses sous prétexte d'avoir fait mon entrée, comme lecteur, dans ce qui s'appelait, sans que je le susse, la « littérature » ; mais du moins m'étais-je étonné de devoir saigner après avoir passé tant d'heures délicieuses à me rouler dans les descriptions des sources, des eaux fuligineuses et des fruits mûrs de Biskra. Je ne m'attendais pas à ce que tant de barbarie pût continuer à viser – il faut voir là un brin de vanité – un être persuadé que la lecture enfiévrée de classiques le préserverait, dans la « vraie vie », de la bêtise et de son bras armé : la bestialité.

Ce que sans doute j'enviais à Gide était son enfance, étouffante mais feutrée ; amidonnée, mais gorgée d'amour. Je ne regrettais plus d'être né, puisque le monde gidien se substituait au mien, et que je m'étais fixé comme but, comme programme, de continuer son existence au lieu que de continuer la mienne. Gide, certes, était mort en 1951, après quoi il avait dû pour d'obscures raisons marquer une pause ; puis il était né une seconde fois, en 1968, avec moi, et poursuivait son chemin vital dans un enfant – il revivait en moi tandis que je survivais en lui.

Je ramassai les ordures une à une sous le regard impavide de mes parents qui prenaient leur petit déjeuner. « Et tu vas arrêter de miauler ! m'asséna mon père. On en a marre de tes gémissements ! » Avec son talent de créateur incomparable, je comptais sur Gide pour avoir laissé un livre, encore inconnu de moi, où, dans une de ces phrases parfaites et spiralées dont il avait emporté avec lui le secret dans sa tombe de Cuverville-en-Caux, il ferait trépasser immédiatement mes géniteurs. Je voulais les voir se briser sur le carrelage, les ramasser en même temps que les pelures de patates et les peaux de bananes collantes, puis les fourrer dans le grand sac bleu qui digérait les *Nourritures*.

Cours moyen deuxième année. – L'année était « disco » ; nous entendions sans cesse, à la radio, des tempos effrénés, nettement frappés. Sous mes draps, ainsi qu'un petit animal craintif, j'écoutais, bravant l'interdit, mon transistor pour m'abreuver de cette musique de boîte de nuit qui m'a toujours semblé chargée d'une mélancolie profonde. Je me voyais, transporté de ma couche vers un New York imaginaire, au milieu d'une piste de danse, faisant tournoyer une amoureuse à la peau grêle dotée d'une queue-de-cheval qui badigeonnait l'air à la façon d'un pinceau fou. Dans le dancing, l'air était brûlant ; des barbus arboraient des pantalons blancs élargis à la base laissant apparaître des bottines au talon surélevé. Ma main épousait la courbe du cou de ma partenaire, qui cédait à toutes mes inclinations. Un faisceau lumineux, stroboscopique et diapré, mitraillait de photons le décor quasiment télévisuel, perforant de ses lasers affûtés et multicolores les volutes que dessinait dans l'espace la fumée des cigarettes.

Cette nuit-là, je ne me fis pas surprendre ; la Kommandantur avait dormi à poings fermés et j'avais pu suivre mes rendez-vous radiophoniques nocturnes préférés. Mais, au matin, me réveiller fut proprement impossible. Mon père ayant commencé la tournée de ses patients dès six heures trente, c'est à ma mère que revint la mission de me sortir du lit ; je refusai catégoriquement d'obéir, abruti, ramolli par ma nuit new-yorkaise. Travolta et les Bee Gees s'animaient drôlement dans ma boîte crânienne, frappant de leurs bottines comme on frappe les damnés dans les girons de l'enfer. La grosse caisse cognait contre mes tempes ; il n'était pas question de me lever maintenant. Je tentai de négocier, de haute lutte, un surplus de sommeil. Ma mère m'accorda cinq minutes puis alla préparer mon petit déjeuner. Je m'abîmai dans un tel coma qu'elle ne parvint pas à m'arracher à l'oreiller dans lequel je m'étais enfoncé jusqu'à atteindre le centre de la terre.

Munie d'un gant de toilette glacé, elle eut finalement gain de cause, m'en badigeonnant le visage ; du moins avais-je échappé au verre d'eau. Grommelant, jurant, je m'exécutai. Mais je fis traîner, plus que de raison, la cérémonie du lever. Parvenu dans la cuisine, je ne vis aucun petit déjeuner sur la table. Point d'Ovomaltine, pas la plus petite tartine beurrée. Certes, nous étions en retard ; j'allais probablement arriver en classe dix minutes, peut-être, après tout le monde ; mais jamais jusque-là je n'avais été privé de petit déjeuner. De dîner, oui ; de dessert, bien entendu. De confiseries, de glaces, régulièrement. Mais de petit déjeuner, jamais. C'était une première.

Ma mère m'empoigna comme on se saisit d'un saucisson et, le sourire en coin, me tira si fort par l'oreille que j'eus la sensation d'une décharge mortelle. « Je vais t'en donner, moi, du Travolta ! Tu vas voir, Travolta... » Puis elle me propulsa, en pyjama, dans la voiture. Je demandai à retourner dans ma chambre afin de me vêtir ; elle me répondit que mes frusques se trouvaient dans le coffre et que je m'habillerais au débotté, à l'arrière, pendant le trajet.

Mon oreille n'était plus qu'une rougeur brûlante. Je protestai avec virulence : je n'avais pas pris mon petit déjeuner, j'aurais faim toute la matinée, j'allais probablement être victime d'un malaise, d'autant que nous avions sport le jeudi. « Mais ne t'inquiète pas, mon con ("mon con" était une des dénominations que ma mère employait le plus volontiers à mon endroit), tu vas le prendre, ton petit déjeuner. » Je ne compris goutte à cette déclaration et finis par m'absorber, en pyjama sous mon anorak, dans le paysage urbain, hivernal, gris et bleu, parsemé de fumeroles, qui défilait sous mes yeux.

C'était une école de brique rouge, construite sous la Troisième République. On pouvait encore contempler l'entrée jadis réservée aux « jeunes filles » et celle que devaient emprunter les « garçons ». M. Pouilly, l'instituteur, campait un homme sec et dur ; sans doute se montrait-il juste. Rien n'est pire que les punitions aux motifs évasifs. Il ne rechignait pas, quand il le fallait, au maintien de l'ordre par le recours au châtiment corporel, ce que nous acceptions. Cela n'avait en outre rien à voir avec les corrections abusives et aléatoires que je récoltais à la maison, ces hématomes collectés au hasard, comme les bronches au printemps recueillent le pollen.

Nous arrivâmes à destination ; ma mère me sourit encore. Son regard me pétrifia. Il y entrait une cruauté infernale dans laquelle on devinait, en creux, d'autres âges de l'humanité. Elle me hissa dehors, par le cuir chevelu cette fois. Je crus qu'elle avait arraché toutes les racines de mes cheveux (bouclés, volumineux, denses). J'émis un cri strident qui interloqua une poignée de passants passifs – ils poursuivirent leur chemin, partant se perdre dans l'hiver et le temps (que sont-ils devenus ?). Ma mère ouvrit le coffre du véhicule, gloussant, émettant de petits rires qui semblaient destinés à enrober sa propre folie. Elle en sortit une bouteille thermos et un petit sac en plastique : c'était mon petit déjeuner. Je n'aperçus en revanche aucun vêtement. Heureuse de son piège, jubilant comme une enfant, elle m'empoigna par l'avant-bras puis me conduisit, tandis qu'en vain je me débattais, au seuil de la porte où la classe avait commencé sans moi. Elle toqua ; M. Pouilly ouvrit, d'abord étonné par mon allure. Ma mère lui expliqua la situation : elle verrait d'un bon œil que, pour des raisons strictement éducatives, et afin que jamais plus se reproduisît un tel retard (véritable affront à l'institution scolaire et aux usages de ma future vie d'adulte équilibré, fiable et responsable), mon maître, lui aussi tellement à cheval, elle le savait, sur les principes, acceptât cette association de malfaiteurs. Après un court instant d'hésitation, M. Pouilly, l'œil frisant, accueillit la proposition avec une légère pointe de gourmandise. Son regard, rempli envers ma mère de bulles de champagne, se métamorphosa en flèche empoisonnée aussitôt qu'il me fixa ; un poussin venait de se changer en condor. Ma mère, satisfaite de son mauvais coup et après que M. Pouilly l'eut rassurée d'un clin d'œil sur le respect de la procédure, tourna les talons.

Je pénétrai dans la salle de classe en pyjama, mon maître ayant exigé que, « comme tout le monde », je déposasse mon anorak à la patère vissée sur le côté extérieur de la cloison. Ma mère lui avait remis la bouteille thermos ainsi qu'un petit sachet contenant mes tartines. D'abord stupéfaits, un peu comme si un habitant de Mars, de Vénus, était venu les visiter pour leur dispenser un cours sur les mœurs des mondes lointains, mes camarades éclatèrent d'un rire long, sonore, unanime. Aurélie Lopez, Laurence Hutin, que j'aimais « à égalité », se trouvaient là elles aussi ; elles assistèrent au spectacle. M. Pouilly m'ordonna de m'installer à ma place habituelle, déboucha le thermos, déplia un chiffon, puis disposa mes tartines devant moi. Il dut calmer l'hilarité générale. Hébété, ainsi qu'un robot, je bus quelques gorgées d'Ovomaltine ; quelque chose semblait détraqué dans l'univers – l'espace-temps ne correspondait plus à celui qui m'était familier. Ce goût chaud dans ma bouche, ma tenue duveteuse (le pyjama des nuits tièdes de ma couche), mes chaussons : rien ne s'accordait à cet environnement ; un esprit maléfique, sorti d'un de ces *comics* américains dont je raffolais, avait collé la mauvaise vignette sur le décor. Mes gestes, qui n'avaient concerné jusqu'à ce jour que l'intimité de notre cuisine, avec ses motifs, son carrelage, sa pendule, ses fleurs, se transplantaient dans un paysage débile. Des dizaines de fois, des centaines peut-être, j'avais, comme chacun, fait d'atroces cauchemars dans lesquels je m'étais retrouvé nu, ou en caleçon, au beau milieu de la cour de récréation, risée de toutes les classes qui m'observaient par les fenêtres en me jetant des quolibets. La réalité avait imaginé pire, ce qui n'était pas dans l'ordre des choses. J'étais en train de prendre mon petit déjeuner – les larmes coulaient dans la tasse qui servait également de couvercle au thermos – devant ma classe, au beau milieu d'un site réservé à l'étude et à la camaraderie.

Une fois l'Ovomaltine bue (elle avait perdu son goût magique pour devenir un infect et amer breuvage que, depuis ce jour, je n'ai plus supporté d'ingurgiter) et mes tartines mâchouillées, l'ambiance revint doucement à la normale – mais le pyjama, les chaussons m'avaient définitivement cloué dans la honte. J'étais fragilisé à jamais ; je me sentais transpercé par les regards. Eussé-je été totalement nu que cela n'eût pas changé mon sentiment : celui d'être déchiqueté par le ridicule. L'image de ma mère me revint sans arrêt pendant la leçon que je n'écoutai pas : mon cœur meurtri, blessé à jamais (aucune commotion physiologique, aucune immolation n'étaient parvenues à me faire aussi mal), avait cessé de battre. Il faudrait désormais vivre clandestinement chez mes parents, orphelin quoiqu'en leur compagnie. Je leur déniai au demeurant, à compter de ce jour, la qualité de parents – ils ne représenteraient à mes yeux que ce qu'ils pensaient d'ailleurs qu'ils étaient : de simples géniteurs. Seule la biologie me liait à eux, et la biologie n'est pas grand-chose. Elle comporte toutefois une malédiction : cette ressemblance physique, cette gestuelle héritée qui, lorsque l'heure est tardive et qu'on se retrouve seul face au miroir d'un appartement vide, d'une chambre d'hôtel tel dimanche d'août, donne envie de se tirer une balle dans la tête. La mort me débarrasserait tôt ou tard de moi-même, c'est-à-dire d'eux.

« Nous avons un problème avec notre fils », aimaient à répéter ces deux individus. Tapi dans l'ombre de ma chambre, où j'allais grandir doucement, à leur insu, je guettais l'heure de ma libération : l'instant, infiniment espéré, où je les verrais pour la toute dernière fois. Ce jour-là, et ce jour-là seulement, je viendrais au monde ; plus exactement, le monde viendrait à moi.

Sixième. – La grande spécialité de mon père était d'utiliser, pour me frapper, une rallonge électrique. Telle était sa trouvaille. Il s'en allait la chercher dans le petit placard maudit où elle dormait, la faisait virevolter dans les airs à la façon d'un lasso, et m'immolait de toutes ses forces – parfois, l'embout, formé d'une prise électrique dotée de deux tubulures métalliques, venait me fracasser les os. La douleur me téléportait dans un monde nouveau, un cosmos inédit.

J'avais décidé, cette année-là, faisant partout où j'allais l'unanimité sur mes dons pour le graphisme, de consacrer ma vie à la bande dessinée. J'avais commencé d'illustrer la vie d'André Gide à partir de l'ouvrage de Claude Martin, publié dans la collection « Écrivains de toujours », au Seuil. Cette décision fut considérée en haut lieu comme la pire des provocations ; à compter de cet instant, la moindre de mes productions (je dus forcer mon imagination pour les cacher) fut immédiatement détruite – déchirée, ou jetée dans la cheminée.

N'obtempérant pas, je continuai clandestinement de créer des mondes emplis d'enfants rebelles, aidés d'oursons spartiates, de guerriers courageux qui, aussitôt que l'ennemi approchait, se métamorphosaient en cafards (*La Métamorphose*, que je découvrais, était en passe de devenir mon livre fétiche, surpassant presque *Les Nourritures terrestres*). Mes « œuvres » s'entassèrent dès lors entre mon matelas et mon sommier, lieu où j'avais également dissimulé *Paludes*, afin de les préserver des descentes de police parentales. Apprenant l'allemand, je faisais accroire, le manuel étant lui-même présenté sous forme de vignettes, que la professeure nous avait demandé de dessiner les personnages des leçons (Hilde, Manfred, Ralph et consorts). Lorsque le mensonge, suite à une rencontre entre les professeurs et les parents, fut découvert, la foudre s'abattit sur moi.

Mon père, rentré tard ce soir-là, fit irruption dans ma chambre et commença sa fouille, démantelant totalement la pièce. Il fit voler en éclats ma bibliothèque minuscule, mon bureau duquel il tira puis fit tomber par terre chaque tiroir. Il ordonna que je quittasse mon lit ; je refusai. Il se rendit au pas de course jusqu'au placard, en sortit son lasso électrique et une pluie de coups s'abattit sur moi, en rafale. Je sentis mon épiderme se fendre, et le fil me traverser le corps. Je crus mourir. Les pyjamas ne sont point d'acier. Sa main ne faiblissait pas ; me protégeant la tête avec les coudes, je tentais simultanément de me recouvrir les cuisses avec les mains – mais les mains recevaient l'outrage, et, avec la sensation de les avoir plongées dans l'huile bouillante, je les retirais aussitôt en hurlant de douleur.

Une fièvre m'envahissait. « Sors de là ! » criait mon père jusqu'à s'en faire claquer les cordes vocales. De grosses gouttes de sueur perlaient sur son front ; les veines de ses tempes étaient mauves, exagérément gonflées. Il cinglait, il cinglait sans s'arrêter. Il s'interrompit une ou deux fois, je crois, pris d'une étrange langueur, le bras soudain inerte et amolli – les cinglements continuaient, ou plutôt commençaient à vraiment exister sur mon corps (mon dos, mes bras, mes épaules, mes cuisses, mes mollets) ; des fourmis tantôt glacées, tantôt incandescentes zigzaguaient à toute allure sur ma peau. Mes hurlements furent tels que ma mère accourut, paniquée : « Arrête ! Tu vas le tuer ! » Ce à quoi mon père répondit sans hésitation : « Et alors ? C'est bien ce que tu veux, non ? » Ma mère acheva la conversation par un « Pense aux voisins ! » qui arrêta net la séance de flagellation. Le corps lacéré, n'ayant plus la force de résister, tordu de spasmes, je me laissai tirer du lit sans combattre ; mon père, me bousculant avec mépris, fit glisser le matelas sur le sommier, découvrant ma caverne d'Ali Baba.

Il y avait là de tout. *Paludes*, rescapé, comme je l'ai dit, de ma gidothèque ; mon transistor (offert, j'ai omis de le préciser, par une de mes tantes, que mes parents ne félicitèrent pas pour ce cadeau incongru) qui fut immédiatement réduit en pièces ; mes bandes dessinées, qu'on détruisit sous mes yeux, briquet aidant, lors d'un phénoménal autodafé qui eût pu déclencher un incendie dans l'immeuble (une fumée noire s'échappait de ma chambre, alertant quelques voisins). Ce n'était pas tout ; j'avais dissimulé là autre chose : mes slips maculés d'excréments. C'est que, mécaniquement, à chaque fin de journée, tandis que retentissait la sonnerie de mon dernier cours, je m'oubliais dans mes coutures. Je « somatisais », ainsi que disent les spécialistes du psychisme humain. Terrorisé à l'idée de me retrouver seul dans ce lieu clos (ma « famille »), enfermé avec deux fous toujours prompts à me molester à la première occasion, je lâchais tout sans m'en rendre tout à fait compte.

Mon père, découvrant mes sous-vêtements souillés de matière fécale, certains frais, d'autres anciens et recroquevillés sur eux-mêmes par une croûte de merde séchée, n'en crut pas ses yeux. Son premier réflexe fut de me badigeonner le visage avec ceux de mes linges les plus récents, où la fange était la plus meuble. Ainsi repeint, il prit une photographie, instantanée (de celles qu'on prend généralement les soirs de Noël ou pendant les soirées entre amis), qu'il confia à ma mère, hilare : « Quand tes profs et tes copains vont savoir ça ! Ils vont bien rigoler ! »

Le visage maculé de cette infâme poix, je voulus vomir ; mon père m'accompagna avec force violence jusqu'à la cuvette des toilettes où je rendis la totalité de mon repas. Puis il me relâcha comme on relâche une truite fraîchement attrapée dans une rivière. Ma mère me tira dans la cuisine où, penché devant une bassine de l'évier, je dus frotter mon visage bréneux avec une brosse à reluire et du savon de Marseille. Je fus ensuite autorisé à rejoindre mon lit, avec interdiction à tout jamais de lire la moindre bande dessinée et surtout d'en commettre une seule. Encre, pinceaux, feuilles Canson furent irrémédiablement éloignés de moi ; un seul dessin encore, et ce serait la pension ou, pis, les « enfants de troupe ». La menace de l'armée, des brodequins, de l'uniforme et des aubes glaciales revenait de manière lancinante dans les conversations paternelles. « Quand il aura fait dix jours de trou, il rira moins. »

Je dessinais en classe, et cachais mes dessins chez des camarades ou dans la salle d'arts plastiques, pour les retrouver la semaine suivante. Mes problèmes intestinaux continuèrent ; je tentai de trouver de nouvelles stratégies pour dissimuler les culottes injuriées, mais ma mère, qui n'était point née de la dernière pluie, eut l'idée – sans m'en aviser – de tenir comptabilité de mes linges. Je fus vite confondu ; je dus déterrer devant mes parents les slips que j'avais ensevelis dans le jardinet tandis que ma mère faisait la cuisine ou qu'elle s'éternisait au téléphone. Afin de me faire passer le goût de l'incontinence, mon père, comme à son habitude, décida – c'était son expression favorite, et elle résumait l'intégralité de son message philosophique – de « soigner le mal par le mal ».

Aussi, à chaque fois qu'il avait achevé de déféquer, j'étais immanquablement convoqué aux toilettes, où, après m'avoir enfoncé le visage dans la cuvette remplie de ses selles – mon nez, ma bouche étaient suspendus à un ou deux centimètres de l'étron encore chaud –, il tirait la chasse. Le fils, éclaboussé par les crottes du père : c'est ainsi qu'on baptisait chez moi. Ruisselant d'eau polluée, j'avais ensuite injonction de prendre une véritable douche. Ma mère raffolait de ces situations ; chaque fois qu'elle me voyait entrer dans les WC, elle expectorait un rire nerveux, secoué d'aigus, rempli de joie enfantine et d'impatience cruelle.

En classe, pendant les cours d'allemand, de mathématiques, je fixais les marronniers de la cour et leurs bras tordus, noueux, nombreux. L'idée de mes parents était inscrite comme une bille dans ma tête, que je ne parvenais pas à extirper. Quoi que je fisse, ils se mouvaient toujours là, en moi. Ils m'obsédaient. Dans mon sommeil, ils continuaient de s'insinuer, venant lacérer mon repos et empêcher mes comas. Leur pas lourd me suivait partout. L'air vif du matin me les faisait oublier quelques secondes ; des rais de lumière, chauds et duveteux, les assassinaient un temps ; mais chaque fois ils revenaient – par les fenêtres ouvertes de la classe ils revenaient ; sur la poussière dorée du sol, ils dansaient. Ils me menaçaient de mort. Je me réfugiais, par le regard, dans une petite plante verte, jaunie aux extrémités, que le soleil pénétrait de tous ses rayons ; elle ne bougeait pas ; elle n'attendait rien ; elle était.

Au loin, une masse fracassait des façades de pierre. C'était un édifice vétuste qu'on démolissait. Mon cœur se mit à palpiter. Le ciel se saturait d'un bleu très pâle. Ce mur était rudoyé ; il était brutalisé. Il tressaillait. Ce mur était vivant, et nul ne s'en doutait. Les façades ont leur souffrance. J'aimais la douceur des voix des filles de la classe. La seule douceur que je ne supportais pas, c'était celle – car elle se montrait parfois – de mes parents ; elle me semblait horrible. Cela faisait dans nos relations comme une verrue.

J'étais à leurs yeux une chose. Séparé d'eux le temps de la journée scolaire, la chose que j'étais goûtait chaque seconde comme si elle eût été recouverte de miel. J'aimais le soleil. J'aimais la pluie. J'aimais chaque nuage. J'aimais les arbres et les buissons de la cour. Mes « parents » m'eussent tué sur le coup s'ils l'avaient appris : mais je crois bien que j'aimais la vie.

Cinquième. – C'était l'été. Le dernier cours de l'année venait de s'achever. Juin était d'un bleu solide, ouvert à toutes les jeunesses. Nul nuage n'abîmait le ciel. Nous avions décidé, trois camarades et moi-même, de nous retrouver à deux pas du collège, avant de rentrer chez nous, dans l'appartement de Catherine Gilet, plus âgée que nous de deux ans, et qui, au cours de l'année scolaire – de loin en loin –, avait paru nous faire des « avances ». Nul d'entre nous ne savait, au juste, ce qu'il adviendrait lors de cet improvisé goûter ; toutefois la réunion eut bel et bien lieu.

Aucun alcool ne fut convoqué. L'ambiance était au soda. Soudain, le plus farouche d'entre nous, Patrick Mussel, tira sur le tee-shirt de la belle dont nous aperçûmes le soutien-gorge puis le sein. Chacun à notre tour, nous le caressâmes – nous n'en caressâmes qu'un seul (le droit ? le gauche ? je ne sais), n'osant nous intéresser à son voisin, à son collègue, à son homologue, à son symétrique – comme si le fait de nous pencher sur les deux nous eût fait définitivement basculer dans une autre dimension, plus vertigineuse et plus interdite, dont il fallait absolument, pour quelques années encore, que nous fussions exclus.

Plus entreprenant que les autres – bien que de loin le plus timide en ce domaine –, je passai mes lèvres sur le téton, ce qui fit tressaillir la belle (était-elle si belle ? nous la considérions comme *excitante*) qui remit la bretelle de son linge en gloussant. L'un d'entre nous se mit à fumer ; c'était la toute première fois que je voyais quelqu'un de mon âge tenir une cigarette dans son bec. Cela m'autorisait tacitement à faire de même – j'allumai une Marlboro blonde, que je humai d'abord, me brûlant le pouce avec la flamme du briquet. Je toussai immédiatement. Je crus que des ongles acérés m'arrachaient les poumons. Afin de ne pas perdre ma contenance – j'ai toujours eu une tendance à crâner –, je gardai le cap, mais en « crapotant ».

Aux alentours de dix-neuf heures, repu de chips, rempli de sodas et satisfait de quelques caresses mammaires fièrement prodiguées, je rentrai.

N'ayant jamais été ni stratège ni malin – ce qui généralement va de pair –, je n'avais pas pris soin de me défaire de l'odeur du tabac que ma mère détecta en une seconde. Mon tee-shirt en était imprégné. Mon père fut immédiatement informé de l'extrême gravité de la situation. Il débarqua, toutes affaires cessantes, abandonnant sans le moindre scrupule sa « patientèle ».

Ma mère m'avait fait mettre à genoux au milieu du salon, devant une table basse en verre – que j'avais jadis rayée avec les roues d'une petite voiture Majorette – les mains sur la tête. Je ne pleurais pas puisque, selon mes propres critères, j'étais quelques heures plus tôt devenu ce qu'on appelle un homme (poitrine tâtée, cigarette grillée).

Mon père était entre-temps passé au bureau de tabac, où il avait acheté quatre paquets de Gauloises sans filtre. Je fus forcé de le suivre au sous-sol, lieu que je redoutais (et redoute encore) entre tous. Dans le lacis de couloirs exigus, un peu partout au sol, étaient éparpillés des granulés rose bonbon : de la mort-aux-rats.

Je fus invité à pénétrer dans notre cave. La fenêtre, minuscule, laissait filtrer un misérable rai de lumière pâle. Mon père déposa sur un établi piqueté les quatre paquets de cigarettes. « Tiens. Puisque tu aimes ça. Elles te tiendront compagnie et te serviront de repas. » Puis, verrouillant le cadenas, il m'abandonna dans le local lugubre et exigu, parmi les pneus crevés, les revues jaunies, le mobilier endommagé. Je ne savais pas encore que mes parents partaient pour deux jours à Tours, invités par un ami informaticien.

Par chance, un vieil évier fonctionnait encore, mais dont l'eau, du moins lors des premières giclées, me parut trop marronnasse pour être honnête. Je la bus à mes risques et périls ; je ne tombai miraculeusement pas malade. Deux problèmes se posèrent instantanément : l'ennui et l'hygiène. Je résolus le problème de l'ennui en me plongeant dans la lecture, assez désespérante, de numéros de *Science & Vie* décrivant en termes (rétrospectivement) naïfs et risibles un futur obsolète.

Pendant tout un week-end, je dus uriner dans un seau de plage que je vidais dans l'évier ; dégoûté à l'avance par le partage de ma cellule avec mes propres excréments, je me retins de déféquer jusqu'au retour de mes géniteurs, le dimanche au soir. Je n'avais pas la plus petite miette à manger ; quand la faim me déchirait le ventre, je buvais comme un fou, jusqu'à ce que l'eau fût en moi semblable, par son poids, à la sensation d'un bifteck. Quant aux cigarettes, je n'y touchai pas. Non par provocation, ou par quelque esprit de contradiction, mais parce que fumer ne m'avait procuré aucun plaisir ; je crois bien n'avoir jamais réussi à fumer de ma vie sans que cela provoque une spectaculaire quinte de toux. Je puis jurer que la « leçon » de mon père, toute éducative, toute préventive qu'elle se prétendît être, n'y est strictement pour rien – bien au contraire, elle eût pu déclencher en moi, par haine de ce salaud, une vocation de fumeur incorrigible.

Je décidai, dès le retour de mes parents, de ne plus leur adresser la parole, de ne plus prononcer un traître mot en leur présence. Ils pourraient me poser mille questions que je continuerais à rester mutique. J'avais lu *Le Silence de la mer*. Dès que le principe fut deviné, je fus évidemment puni, et dus quitter la table sans dîner. J'entendis mes géniteurs, derrière la cloison, bourdonner d'horribles propos à mon égard ; ils évoquaient l'abandon, l'orphelinat, et autres possibilités du même acabit qui me semblèrent quelque peu réchauffées. Tapi dans ma chambre tel un condamné à perpétuité, j'essayais de m'imaginer un monde sans le moindre père, sans la moindre mère où, livré à soi-même et au hasard, chaque enfant pourrait se construire seul, en toute liberté. Je n'ai jamais supporté l'ascendant des adultes sur leur progéniture ; sous le fallacieux prétexte d'être plus avancés qu'elle dans le temps, et par conséquent plus concernés par la mort, ils s'arrogent d'inacceptables prérogatives. Sous quel prétexte un être que j'eusse de toutes mes forces méprisé si j'avais eu le même âge que lui se permettait-il de m'aliéner, de me dire quoi manger, de me dicter quoi lire, de me conduire où bon lui semblait, et ce, à toute heure ? Je n'étais point né pour subir les caprices de deux égarés, haineux de l'existence, faits davantage pour se suicider à l'aigreur, à la colère, au fiel, que pour donner à leur « fils » le goût du soleil, de l'été et de cette insulte que représentait pour eux l'avenir.

J'ouvris mécaniquement mon cartable. Je m'aperçus avec frayeur que je n'avais pas fait mes devoirs. Puis me souvins que c'étaient les vacances ; je respirai. Mais ce n'étaient les vacances que pour les autres : mon père, persuadé jusqu'à la moelle de mes défaillances intellectuelles et cognitives, s'était juré (sans m'en aviser) que pas un jour de ces longs congés estivaux ne s'écoulerait sans que je consacrasse quelques heures aux mathématiques. Il avait commandé, puis reçu, un de ces fameux « cahiers de vacances » remplis de dessins, de fioritures, de couleurs affriolantes – autant de fumeux appâts qui dissimulaient en réalité des tonnes de monstrueux exercices, de rappels de cours moroses, de théorèmes nocifs et de démonstrations vénéneuses. J'étais fait comme un rat.

Mon père entra dans ma chambre avec ledit cahier, puis m'expliqua que je n'aurais droit au sommeil qu'après avoir achevé les trois exercices de la première leçon (consacrée au théorème de Thalès). Livide, je me mis à la tâche en rechignant ; je mordillai mon crayon, jetai quelques bribes, poussives, de raisonnement sur une feuille « de brouillon », gommai, recommençai. Je ne comprenais ni les fondements de ce théorème, ni son utilité, encore moins son importance. Je voyais, dans ce cahier, qu'un discours autonome, sous forme de constatations, de supputations, de conclusions en circuit fermé, se développait – ce discours semblait être indifférent à toute lecture humaine, à toute attention humaine, à toute intelligence humaine. Il se déroulait pour lui-même, s'enroulait sur lui-même, avec lui-même pour unique et stricte destination.

M'y intéresser, pour le gidien que j'étais, relevait du cauchemar.

Les objets mathématiques, sérieux et figés, ne renvoyaient inlassablement qu'à d'autres objets mathématiques sans que jamais le monde extérieur entrât dans leur danse. J'eusse pu trouver là matière à fuir mentalement la barbarie parentale, mais cela me fut impossible pour deux raisons : d'abord, l'astreinte de me colleter avec cette matière provenait de mes parents ; ensuite, là où la littérature ouvrait, la mathématique fermait. Je pris aussitôt en dégoût cette radicalité sévère et corsetée, technique, irréprochable. Je détestais sa langue méticuleuse et son symbolisme éthéré ; sa manie de l'architecture et de la sobriété, son imparable efficacité. Je sentais sourdre, derrière ces pauvres triangles, des tectoniques internes à s'arracher les cheveux, des organisations maniaques, des mondes sans souillure. Les mathématiques ne parlaient qu'à ceux qui étaient à la fois sourds, muets et aveugles. Surtout, elles prétendaient, fort prétentieusement, à une universalité que je me refusais instinctivement de leur reconnaître ; cette façon, inconditionnelle, de vouloir clore le bec des malheureux qui n'étaient pas d'accord avec cette tournure d'esprit installée sur la logique et l'obsession de la cohérence m'était insupportable. Gide, lui, et Daudet, et Sacha Guitry qui doucement rejoignirent l'auteur de *Paludes* dans mon panthéon de poche, me faisaient battre le cœur. Thalès, triste comme la pierre, me nimbait de sa morgue ; son éternité, gravée dans la raison, était une prison. Il freinait mon intelligence. Gide, Daudet, Guitry, qui ne maîtrisaient rien, ne parlaient que pour eux seuls. C'est-à-dire pour moi. Voulant à tout prix être eux, rien qu'eux, j'allais peu à peu devenir moi. Rien que moi.

Quatrième. – Le printemps était chargé d'odeurs et de pages tournées ; je lisais et relisais Gide. J'annotais. J'espionnais son style ; je tentais d'être lui. Je lisais ce qu'il avait lu. Mon but était de me confondre non seulement avec l'écrivain (je reproduisais ses tics dans mes rédactions) mais aussi avec l'homme. Mon père en eut assez de cette obsession qui durait selon lui depuis trop d'années. Un matin de mai, tandis que je prenais mon petit déjeuner en lisant avec avidité la dernière livraison du *Bulletin des amis d'André Gide* (dont je devais, d'assez loin je pense, être le plus jeune abonné) consacrée à la correspondance de mon dieu avec Dorothy Bussy, mon père fit sans crier gare valser mon bol – qui se fracassa sur le sol, recouvrant le carrelage de chocolat brûlant – et mes tartines, qui trempèrent dans cet océan de cacao.

Je fus sidéré par la violence gratuite de ce geste ; non seulement mes résultats en classe étaient excellents, mais je n'avais rien commis, ces dernières semaines, qui me semblât mériter cette fureur. « Espèce de pédé ! » hurla-t-il à en faire trembler les cloisons. « J'ai un fils pédé ! Tu es pédé ! » Je ne compris rien à cette allégation criée. « Donne-moi ça ! » « Ça » désignait le pauvre petit bulletin gidien, bleu ciel, qui, dès le matin, avait suffi à m'insuffler un peu de bonheur et de joie pour la journée qui commençait. Il se mit à déchirer le fascicule de toutes ses forces, le tordant, le brusquant, le tiraillant, l'écartelant comme s'il se fût agi d'un reptile lui ayant sauté à la gorge.

J'avoue, malgré ma fréquentation obstinée de l'œuvre gidienne, que jamais je n'avais deviné que son auteur fût « homosexuel ». Cela peut sembler stupéfiant : c'est la vérité. Des caresses prodiguées, des instants de douceur, de félicité, d'extase – le mot qui revenait souvent sous la plume de Gide était « volupté » –, je m'étais fait un monde ensoleillé ; la poésie des expressions, la beauté des sensations, le souci d'en décrire chaque frémissement, le transport qui en découlait, la plénitude qui s'en dégageait l'avaient emporté sur toute considération, non pas exactement sexuelle, mais sexuée. Gide décrivait des états ; parmi eux : le bonheur, qui d'abord lui importait. Je fus électrocuté quand mon père, les lèvres écumantes de salive et de haine, continua de me vriller les tympans sur l'air de « tu es pédé comme ton Gide ! ». L'homosexualité ne m'avait jamais posé le moindre problème ; à l'instar de l'hétérosexualité, elle n'avait jamais existé (je n'ai pas changé d'un iota sur ce point) : je sentais, instinctivement, qu'il y avait autant de sexualités que d'individus sur la terre, que cette dénomination, cette catégorie (« homosexualité »), était bien trop générique, trop grande, trop lâche, trop floue, pour qu'on pût y enfermer une quelconque vérité. On y enfermait par paresse les hommes préférant les hommes aux femmes ; disant cela, on fabriquait un cosmos qui se défilait aussitôt qu'on prétendait le circonscrire. Il m'apparaissait aussi puéril et arbitraire de ranger les êtres par « préférences » sexuelles que de les juger sur leur couleur favorite. Le seul classement que j'eusse supporté, à la rigueur, eût été de reléguer sur la rive gauche de la Loire, estampillés comme infréquentables, ceux qui n'avaient pas aimé *Les Caves du Vatican*, et de loger sur l'autre rive, dans les quartiers les plus chics, ceux qui l'avaient lu et adoré.

Une razzia fut commanditée par mon père, que ma mère exécuta. L'heure était grave : on retournerait ma chambre jusqu'au plus petit centimètre carré de parquet pour y trouver de quoi étayer la nouvelle thèse en vogue dans la cellule familiale : notre fils est pédé. Mon père avait réussi à détraquer ma lecture de Gide ; je me mis à chercher dans ces pages qui m'avaient enivré, réchauffé, si souvent réconforté, des preuves, des traces des « penchants » de mon idole. Tout s'éclaira, bien sûr. Mais la magie ne s'évapora point.

Je suis favorable à ce que les enfants lisent des romans qui ne sont « pas de leur âge ». Qu'ils ne saisissent pas tout. Du moins entrent-ils de plain-pied dans le monde de la vérité. Ils font connaissance, d'homme à homme (d'enfant à homme), avec l'auteur, avec un caractère – avec un tempérament. Ils s'acheminent ainsi vers l'existence ; arrachés à leur confort, promenés dans le mystère de la parole. Et puis : que « comprennent » si bien les « grands » ? Savent-ils lire aussi puissamment, avec autant d'acuité qu'ils aiment à s'en vanter ? Qui nous dit que Kafka, lu par un enfant, ne s'enrichit pas d'une dimension nouvelle et supérieure, d'une densité insoupçonnable, d'une profondeur inédite ? Qui nous dit que, pour bien lire, il ne faille pas, justement, être resté un pur et strict enfant que les années ne sont point parvenues à travestir en adulte ?

Très vite, Gide reprit en moi sa force et recouvra son pouvoir d'enchantement. Je continuai (cela dure encore) à ne pas l'ensevelir sous ses manies, ses attirances, ses pulsions. Sans doute, elles hantent son œuvre ; elles ne suffisent jamais à en expliquer la beauté.

La fouille maternelle fut longue et serrée. Tout ce qui pouvait abonder dans le sens des présomptions parentales fut détruit : telle bande dessinée loufoque et parodique, par exemple, où le héros exhibait ses muscles et son bas-ventre. Je tentai un raisonnement, arguant que si j'avais été un lecteur inconditionnel de Drieu la Rochelle, je fusse accusé de collaborationnisme. Mais ma mère, qui n'avait jamais entendu parler de Drieu, me rétorqua que La Rochelle était La Rochelle et que c'était à Orléans, nulle part ailleurs, que nous habitions.

Elle ouvrit chaque cahier, chaque classeur, chaque manuel, chaque grammaire aux fins d'y dénicher je ne sais quel document compromettant qui m'installerait à jamais dans le rôle maudit et honteux du « pédéraste » de la famille. J'avais « vérifié » que Daudet et Guitry n'étaient point concernés par la même horrible tare que Gide.

Cette fouille donna lieu à l'un des plus grands chagrins de mon existence. Aujourd'hui encore, songeant à cet épisode, un poinçon me perce l'estomac. Ma mère découvrit, dissimulée derrière l'armoire à vêtements à l'aide de morceaux de sparadrap, une pièce en trois actes, intégralement rédigée en alexandrins, que je venais d'achever dans la plus grande fierté. Non seulement j'étais allé jusqu'au bout, c'est-à-dire que j'avais eu la joie immense de tracer le mot « fin » au bas de près d'une soixantaine de pages d'une écriture régulière et serrée, mais, disons-le, j'avais eu le sentiment, tel Raymond Roussel parachevant *La Doublure*, d'accoucher du chef-d'œuvre qui installerait ma gloire.

Je donnerais tout pour qu'on me restitue cette relique (elle fut réduite en confettis sous mes yeux) pompeusement intitulée *Le Dévot exhérédé*. Dans la légende que je me suis forgée de moi-même, on y trouvait toutes les preuves d'un don extraordinaire pour la littérature, d'une passion précoce pour les mots. Lorsque je doute de moi, je repense à cette pièce et me souviens, aussitôt rassuré jusqu'à la prochaine « nuit de la foi », que je suis resté ce prodige.

Mes pleurs, mes cris furent tels que je ne sache pas, depuis, avoir tant pleuré ni crié. J'eus beau implorer, supplier, menacer, allant jusqu'à brandir l'hypothèse du suicide : ma mère resta inflexible. Vexée et fâchée de n'avoir pas trouvé, malgré ses investigations poussées, le plus petit élément visant à nourrir le brûlant dossier de mes mœurs gidiennes, elle appela mon père, défaite et dépitée, pour lui annoncer qu'il faudrait probablement classer l'affaire. La perversité de ces deux êtres donnait le vertige : horrifiés à l'idée que je fusse attiré par les garçons, ils se montrèrent déçus que je ne le fusse point. Eussé-je été « de la moustache » (pour reprendre l'élégante lexicographie paternelle) que cela leur eût ouvert, il est vrai, un champ infini de vexations neuves et d'inédites punitions dont je préfère ne pas imaginer la teneur.

Le soir de la fouille maudite, tandis que je rangeais ma chambre dévastée, mon père, mauvais joueur, ne put s'empêcher de venir me chercher des noises. Plutôt que de s'excuser, il redoubla de mauvaise foi en même temps que de véhémence : j'allais devoir quitter la maison ; ma présence ici n'était plus supportable. J'étais un élément perturbateur de l'équilibre familial et l'internat, dans un lycée militaire s'entend, s'avérait la seule solution. J'acquiesçai, affirmant que, de mon côté, j'en étais arrivé aux mêmes conclusions. Mes paroles n'eurent pas l'effet escompté. J'avais exprimé le véritable fond de ma pensée, sans esprit de provocation quelle qu'elle fût. Mais cette saillie déclencha les foudres de mon père qui me saisit et me percuta la tête contre l'angle du mur tant et si bien qu'il m'ouvrit la tempe. Tandis que le sang jaillissait, mon crâne continuant à rebondir sur la cloison en ciment (cela devait résonner jusqu'au dernier étage), il me reprochait en beuglant le jaillissement de ce même sang. « Tiens, voilà, avec tes conneries ! » se lamenta-t-il, apercevant ses mains et ses vêtements maculés d'un rouge mat.

Il me conduisit aussitôt aux urgences d'une clinique où il lui arrivait d'intervenir ; on me recousit. L'infirmière demanda ce qui s'était passé, comment je m'étais blessé. « C'est un peu long à expliquer », avait répondu mon père.

Troisième. – J'avais fondé, avec Éric Denut, le Cercle de réflexion des étudiants gaullistes (CREG). Nous n'étions que deux, peut-être trois (le troisième était fictif) dans cette association spectrale qui publiait, photocopié en dix exemplaires, un petit bulletin d'abord hebdomadaire, puis mensuel, puis trimestriel, puis semestriel, puis annuel. Nous avions considéré en toute modestie que le Général était ce monument indestructible qu'il s'agissait de réhabiliter complètement en ces temps de mitterrandisme absolu.

Nous lisions les *Mémoires de guerre* et *Mon Général* d'Olivier Guichard. Nous recevions chaque jour *La Lettre de la nation*, rédigée *in extenso* par Pierre Charpy. Alain Peyrefitte était notre idole. Nous savions par cœur des passages du *Fil de l'épée* ou de *Vers l'armée de métier*.

De nouveaux dieux avaient fait leur entrée dans mon panthéon, à commencer par Péguy, qui ne tarda pas à me fasciner. Il était une colère pure, un cantique à lui seul, le pape des fulgurances. Il est resté pour moi le plus grand, supplantant Gide, plus haut encore à mes yeux que Céline (qui fut influencé par lui) et que Proust (qui détestait son style). Solide comme un bronze, fragile comme un enfant, Péguy ressemble à l'idée que je me fais de moi : injuste, irascible, caractériel, mais attachant, touchant – enfantin. Je ne me jette pas de fleurs ; j'aspire, comme sur un champ de bataille, à dire la vérité. La modestie n'est rien au regard de l'humilité. Péguy et moi sommes des humbles – des humbles et des Orléanais.

Je commençai de tout dévorer de ce sanguin petit homme rempli de génie et de tracas. Les tourments qui le déchiraient me déchiraient mêmement. J'appris par cœur ses incantations. Je me réclamais de ses orages. Je cherchais à son sujet de la *documentation* ; je me rendis au Centre Charles Péguy. J'y pénétrai comme on entre au temple. Je n'osai demander quoi que ce fût à qui que ce fût, intimidé par le lieu comme si je me fusse trouvé chez Péguy lui-même ou dans la minuscule boutique de ses *Cahiers* – cette coque de noix, située à Paris, qui m'était aussi inaccessible qu'une planète éloignée, était ma Jérusalem.

Mon cœur battait dans cette enceinte ; une employée myope me demanda ce que je cherchais : je fus aussi paniqué que si je venais de commettre un meurtre. Je bredouillai. Je ne cherchai « rien de spécial ». Elle me tendit une brochure et m'installa dans une salle où quelques reliques s'étalaient sous des vitres. Une rédaction, un diplôme, diverses pages manuscrites. J'étais au paradis, tremblant. Péguy avait rejoint Gide dans mon bonheur ; ces deux présences,

ces deux amis – auxquels viendrait bientôt s'agréger Sartre –, m'emplissaient de paix. Je ne serais jamais plus meurtri, ni blessé : ils m'offraient un asile de mots, un refuge définitif et miraculeux. L'orgueil et l'humour de Péguy, l'appétit de soleil et de vie de Gide m'apparurent très sérieusement, très concrètement, comme un rempart à la tristesse et aux coups qui ne cessaient de pleuvoir sur moi.

Notre Jeunesse, *Ève*, *Victor Marie, comte Hugo*, *Présentation de la Beauce à Notre-Dame de Chartres* me firent l'effet, comme quelques années plus tôt *Isabelle*, *Thésée* ou *Feuillets d'automne*, d'un baume réparateur. C'était ça que je voulais faire, c'était eux que je voulais être. On n'associe généralement pas Gide à Péguy ; leur alliage est susceptible de fabriquer des monstres. Gide : toujours de bonne humeur, goûtant les plaisirs, curieux du monde, voyageur perpétuel, tolérant et de bonne compagnie, riche comme Crésus. Péguy : gorgé de soucis, isolé dans quelques mètres carrés de planète terre, se fâchant au quart de tour, sans un sou. Gide : flânant sous le soleil ; Péguy : marchant sous la pluie ; Gide : invité partout ; Péguy, souhaité nulle part. Gide célébré de son vivant, Péguy consacré de son mourant.

Au début des années quatre-vingt, Péguy n'avait pas encore été désenseveli. Si bien que Gide et lui possédaient ce point commun : ils étaient dispersés dans l'oubli. Ils mordaient les cendres.

Je sais à présent ce qui me faisait les aduler, mieux : les aimer (les aimer comme on devrait aimer ses parents). C'est que Gide et Péguy ne considéraient pas que la douleur grandît les hommes, et encore moins les artistes. Pour Gide, seuls la volupté, la joie intérieure, le goût de l'existence permettaient de s'entretenir avec le monde et de le restituer. Pour Péguy, le malheur était ce qui empêchait de travailler ; c'était un obstacle à la poésie, non un tremplin. Gide avait trouvé son bonheur en s'éloignant de Dieu ; Péguy avait congédié sa souffrance en se rapprochant de l'Enfant Jésus. Gide voyait dans la vie même la seule chose à célébrer ; Péguy n'excluait pas que la mort fût l'unique lieu des délivrances.

Péguy ne parlait jamais d'amour dans ses livres ; j'entends : de relations sentimentales. Il écrivait sur les saints, sur l'amour dévolu au ciel ; il paradait, inspiré, sur la passion mystique. Sur d'éventuelles fiancées, jamais. Il n'aimait pas sa femme. Je l'appris plus tard. Il avait été fou amoureux de Blanche Raphaël, « stagiaire » aux *Cahiers de la Quinzaine*, qui n'avait pas voulu de lui. C'est pour elle, c'est à cause d'elle qu'il était parti, la fleur au fusil, se faire assassiner par les Boches, ce samedi 5 septembre 1914, tout près de Paris, au beau milieu d'un champ de betteraves.

J'étais amoureux moi aussi : une jolie rousse, aux reliefs rebondis, fille d'un couple ami de mes parents. Je n'écrirai ni son prénom ni son nom. La première fois que je la vis, l'air était léger ; elle portait une robe de lin blanc. Le jardinet de notre appartement regorgeait de bourgeons. Les géraniums exhalaient un parfum musqué. Je n'osai pas, ce jour-là (il s'agissait d'un déjeuner dominical), lui adresser la parole ; je prétextai des devoirs à faire et partis m'enfermer dans ma chambre où je ne pensai qu'à elle, ne rêvai que d'elle tandis qu'elle se trouvait précisément chez moi. C'est que la réalité biaise le désir ; elle n'est jamais à la hauteur des sentiments qu'elle provoque ni des aspirations qu'elle suscite. Il me fallait être seul avec moi-même pour aimer cette rousseur, planter mes yeux dans les siens (gris-vert, félins). Elle devait avoir seize ans, soit deux ans de plus que moi. Quelques mois passèrent. Sa présence finit par s'effilocher dans mon esprit, jusqu'à ce que j'entendisse mes parents évoquer un imminent dîner où les siens seraient présents ; j'espérai comme un fou qu'elle viendrait.

Hélas, c'est le jour que choisit la professeure de mathématiques pour rendre un devoir où, exceptionnellement (j'étais devenu, à force d'un travail acharné, un des meilleurs « éléments » dans cette matière), j'avais flanché ; une erreur d'attention (j'avais mal lu l'énoncé) s'était propagée dans toute ma copie et en avait gangrené les résultats. Pour « marquer le coup », bien que consciente que cette étourderie représentait une faute vénielle, l'enseignante avait opté pour une note minimale. Je rentrai chez moi tétanisé ; je devinai par quels outrages démesurés cette contre-performance serait accueillie. Je décidai, gravissant les escaliers comme un dément, de déchirer ma copie au dernier étage de notre immeuble. J'en fis un petit tas que je m'apprêtai à dissimuler dans un recoin, derrière le boîtier d'un extincteur.

Ces escaliers, surtout au dernier étage (le sixième), n'étaient jamais empruntés, les locataires et les propriétaires préférant utiliser l'ascenseur. J'étais tranquille ; nul, en sus, ne pourrait reconstituer le document détruit. C'était croire abusivement en ma bonne étoile. Par un hasard malencontreux, le gardien de l'immeuble, M. Tété, Bernard, célèbre pour sa calvitie et ses lunettes à triple foyer – détestant les enfants, il était la terreur de tous ceux de la résidence et le meilleur allié de mes parents, qui devaient le considérer, lui sachant gré de ses perpétuelles délations, comme un Résistant ou un Juste parmi les bâtiments –, se trouvait derrière la porte, venu réparer un interrupteur défectueux.

Il me surprit à l'instant où je terminais de confectionner mes confettis. Son instinct, excessivement sûr, l'informa instantanément sur la nature de mon activité. J'étais tétanisé. J'implorai en vain sa clémence. Il me fit ramasser, jusqu'au plus infime rogaton, chaque morceau de ma copie que je portais désormais au creux de ma main, comme l'eau que les enfants recueillent aux fontaines provençales avant de la porter à leur bouche ou de la lancer, pour jouer, au visage d'un des leurs.

Mes intestins ne résistèrent point au choc ; dans

l'ascenseur qui descendait irrémédiablement chez moi, sous l'œil terrible et implacable de Tété (semblable, sous ses culs-de-bouteille, à une bille dans un bocal), mais à son insu, je me vidai dans mon pantalon.

Je savais que la peine serait double : mauvaise note *et* slip souillé. Quoi que je fisse, un châtiment au carré, c'était inéluctable, m'attendait.

Affairés par la préparation du dîner, mes parents parurent d'abord (ils avaient toutefois chaleureusement remercié leur précieux informateur) se désintéresser de mon cas ; ce n'était qu'une apparence.

J'allai me changer en douce. Roulant mon slip et mon pantalon contaminés en boule, je les dissimulai sous l'armoire puis courus, le cœur battant, prendre une douche.

Tandis que les convives quittaient le salon où avait eu lieu « l'apéritif » (un mot qui m'avait toujours intrigué), ma mère arbora un sourire mystérieux et mauvais. Mon amoureuse m'apparut, toujours aussi merveilleuse ; je manquai de défaillir. Je n'avais pas osé lui adresser le moindre regard. J'avais honte d'être ce que j'étais quand elle posait, par erreur, ses yeux sur ma misérable personne. Je crois bien que sa mère avait constaté mon émoi. Elle n'en fit part, par d'imperceptibles signaux, qu'à moi-même.

Quand les plats furent servis, je reçus, devant tout le monde et sous les yeux de celle que j'avais décidé d'aimer pour la vie, une assiette composée de mes excréments. Ma mère, en direction de ma déesse, eut cette phrase qui me hantera jusqu'à ma mort : « Et toi ? Quand tu étais en troisième, tu faisais ça aussi ? » Mon père surenchérit : « Il est beau, le fondateur du CREG ! »

Seconde. – Je fis cette année-là mon entrée dans la galaxie Sartre ; et dans les galaxies tout court, puisque je décidai, en plus de me consacrer à la littérature (comme lecteur exclusivement), de devenir astrophysicien. Je n'en eus bientôt plus que pour les amas stellaires, les naines blanches, les géantes rouges, les pulsars et les quasars. Je me précipitais aux conférences d'Evry Schatzman ou de Jean-Claude Pecker, lorsqu'ils passaient par Orléans. J'étais loin d'être un prodige des mathématiques, qui m'accablaient, mais la physique devint une passion. Je lisais tout ce que je pouvais, à commencer par les deux tomes de mécanique du cours de Richard Feynman.

Evry Schatzman, pour échapper à la Gestapo, s'était réfugié pendant la guerre à l'Observatoire de Haute-Provence et avait commencé de se spécialiser dans les naines blanches. Il est mort en 2010. Il fait partie de mon enfance, dont il est l'un des héros.

À l'heure où j'écris ces lignes (31 décembre 2018), Jean-Claude Pecker est toujours vivant ; il est âgé de 95 ans. Il était venu, rue des Carmes, dans une salle municipale dédiée aux manifestations culturelles, entretenir les Orléanais du big bang. Je lui posai une question relative à la théorie dite de la « création continue » qu'avait imaginée une autre de mes idoles, l'astrophysicien anglais Fred Hoyle, mort en 2001, adversaire obstiné de ce même big bang. J'admirais Hoyle parce qu'il était capable, contre tous ou à peu près, de résister à un modèle en vogue. Les théories connaissent, ainsi que les étoiles, une naissance, une vie, une mort ; elles portent en elles leur propre obsolescence. Elles ne sont valides que le temps de passer à la théorie suivante, qui elle-même, après un épisode glorieux, devra céder la place à celle, toute fraîche, dont l'audace surprendra ses contemporains et auprès de laquelle les précédentes paraîtront fades, incomplètes, naïves et désuètes.

Hoyle était à la fois décevant et audacieux ; décevant, parce qu'arc-bouté sur des supputations qui n'étaient plus tenables face aux observations les plus récentes ; mais audacieux, parce qu'il refusait de se laisser impressionner par une construction séduisante et consensuelle qui, bien que d'une grande beauté conceptuelle, finirait comme les autres par croupir tôt ou tard au musée des explications de l'univers. Hoyle incarnait à mes yeux le rebelle ; il disait ce qu'il pensait. Il fut un Einstein ayant tort. Il eût pu avoir raison – le jour viendra, bien sûr, où les conclusions de la théorie de la relativité générale, qui ont miraculeusement résisté jusque-là à toutes les expériences, seront infirmées, corrigées, reconsidérées.

Feynman, mort en 1988, incarnait le professeur de

physique que j'eusse rêvé d'avoir. Lisant la retranscription de ses cours, bien que l'appareil mathématique qu'il utilisait (élémentaire pour un étudiant entrant à l'université) dépassât souvent largement mes compétences, j'avais la sensation de tout comprendre. La matière, les forces, l'accélération, la quantité de mouvement, les lois de Newton devenaient non seulement limpides, mais passionnantes, non pas « enseignées », mais *racontées* avec génie. Rien ne vaut la pédagogie ; elle détient le secret de la mise au monde des vocations. En elle réside la possibilité d'une naissance intellectuelle. La naissance ne saurait être strictement physiologique ; notre propre présence au monde exige qu'on épouse ce monde et que nous y trouvions notre place. C'est la pédagogie, plus que la matière elle-même, qui détient le pouvoir de nous faire aimer non seulement notre vie, mais la vie. Pénétrer dans une passion ne peut toujours se faire seul ; le professeur qui devient notre guide, et pourquoi pas notre ami, s'il nous accompagne au seuil de nos amours futurs, ayant semé en nous la graine de la curiosité et de la fébrilité, le goût de l'obstination et du forage, peut nous abandonner ensuite : nous ne serons plus jamais seul. Celui qui n'est point passionné est un homme mort ; il est une carpe qui sèche sur la pierre du bassin, se tordant de douleur sous les rayons du soleil d'août.

Ayant emprunté un petit télescope, je passai quelques nuits sous la tente, dans notre jardinet, à observer le résidu d'étoiles que la pollution lumineuse d'Orléans recouvrait d'un intolérable halo. On n'avait pas le droit d'éclairer le ciel ; c'était un sacrilège. Si je supportais mieux les mathématiques, c'était grâce à ces séances nocturnes. Je me répétais que, sans le support des équations, des fonctions et des espaces vectoriels, je ne saurais jamais me repérer parmi les galaxies. Fred Hoyle, Richard Feynman, Jean-Claude Pecker, Evry Schatzman avaient, en leur temps, été des cadors en mathématiques ; il me faudrait par conséquent en passer par là.

Cet appétit pour les sciences ne m'empêcha pourtant pas d'entrer en religion sartrienne ; après Gide, après Péguy, mes deux premiers grands chocs, je m'étais plongé dans nombre de romans et de nouvelles de Kafka et de Camus. Kafka attendrait quelques années encore avant que de me subjuguer totalement ; quant à Camus, que j'adorais, dont j'avais dévoré *L'Étranger*, *La Chute* et l'intégralité du théâtre (dans un volume fatigué de la Pléiade), il ne causa pas en moi la même déflagration que « Poulou ». Je n'ai, depuis, jamais quitté Poulou.

À partir de cette année de seconde, je commençai à voyager dans tous les pays que renferme ce continent. Je choisis, pour faire mes dents, *La Nausée* qui est, ce qu'on ne dit jamais, le grand livre de l'adolescence. Plus qu'un essai déguisé sur la « contingence », plus qu'une illustration romanesque des préoccupations philosophiques du jeune Sartre, il s'agit, bien qu'écrit vingt-cinq ans plus tôt, du deuxième tome des *Mots*. *Les Mots* disent l'enfance, les primes tremblements d'une vocation fantastique ; *La Nausée* décrit la sortie de l'enfance, le dégoût de la vie adulte qui attend là, toute prête, toujours déjà vécue par d'autres, de toute éternité, avec ce qu'elle induit de réglages inéluctables, de règles arbitraires, de sérieux grotesque, de poses obligatoires, de rendez-vous absurdes et de temps sacrifié. *La Nausée* narre le processus de vacillement de la présence au monde. Nous nous retrouvons, avec une irrépressible envie de vomir, assaillis de toutes parts par une certaine laideur des choses, choses que l'enfance cesse de recouvrir de sa magie et de parer de ses enchantements : nous perdons pied car nous n'avons plus recours à l'enfance pour voir la nature et la ville, l'avenir et les hommes. Tout ce qui vit cesse subitement d'être ce qu'il fut d'abord ; c'est une métamorphose. Le monde, nul ne nous en avait avertis, est essentiellement tourné vers le vide et vers la mort. Celui qui n'y trouve point sa place en est sans cesse éjecté ; les autres font semblant d'y être utiles, afin de ne pas disparaître. Reste une dernière option : l'écrire, non pour le rendre plus doux, mais pour le vivre de plein fouet. Pour *exister*.

Dévorés *Le Mur*, *Les Chemins de la liberté* (le premier tome, les deux suivants m'ayant décontenancé), *Les Mains sales*, *Les Mouches*, *Huis clos* et *Les Séquestrés d'Altona*, j'entrepris d'arpenter un versant plus récalcitrant, plus excitant aussi, du corpus sartrien : *L'Idiot de la famille*. Ce monument me fascina ; je savais qu'il résistait, depuis le début des années soixante-dix, aux lecteurs les plus aguerris, aux admirateurs de Poulou les plus têtus. J'y plongeai sans états d'âme, n'ayant strictement rien lu de Flaubert, ce qui ne me gêna nullement pour savourer, car l'*Idiot* en est gorgé, les passages théoriques, le hors-piste, les dégagements sans fin, les considérations philosophiques, les intuitions sociologiques, les rapprochements osés, les fulgurances théologiques : le tout enrobé dans un style littéraire d'une virtuosité que Sartre n'a peut-être, dans toute son œuvre éclatée, géniale et infinie, jamais atteinte.

Cet engouement, sans pose ni cuistrerie (je n'en faisais jamais publicité au lycée), énerva mon père au plus haut point. Il fulminait, soufflant comme un bœuf, quand il m'apercevait, allongé sur le canapé ou vautré dans un fauteuil avec mon *Idiot*. Il s'arrêta un jour devant moi : « Arrête de jouer les intellectuels ! Ça ne te va pas ! » Je ne répondis pas et tournai ostensiblement une page du « Flaubert », enchanté par un passage sur les chiens. Sartre y racontait que les chiens vivent un calvaire en ce qu'ils ne sont pas suffisamment intelligents pour nous parler, mais qu'ils le sont assez pour comprendre que nous parlons d'eux. Cet entre-deux les condamne, écrit-il, à un supplice perpétuel et signe leur martyre. Mon père ne supporta pas ma sérénité, qu'il interpréta comme une offense ; être calme, c'était le provoquer. Il m'arracha des mains l'un des plus grands livres de tous les temps et le lança, à la façon d'un frisbee, par la baie vitrée, entrouverte, de l'appartement ; j'entendis l'ouvrage, cartonné, cogner le toit tôlé d'une automobile, rebondir dessus, puis claquer sur le bitume. Quand j'arrivai, tremblant, pour récupérer mon Poulou, une trentaine de véhicules – dans la plus grande inconscience du crime qu'ils venaient de commettre – avaient déjà roulé sur le corps de Gustave Flaubert.

Vexé que je me fusse (en vain, hélas) jeté à la rescousse de ma bible du moment, mon père fit une descente dans ma chambre : Sartre, comme Gide quelques mois auparavant, fut, sans autre forme de procès, mis instamment à l'index. La folie paternelle l'en délogea des étagères de ma bibliothèque comme on fait valser les verres du comptoir, ivre mort, dans un troquet, avant de déclencher une rixe. Devant moi, écrivant ces misérables lignes, je peux contempler, avec l'enivrante liberté de pouvoir les ouvrir à tout moment, les œuvres à peu près complètes de Jean-Paul Sartre, rescapées des années, des pères, des pneus imbéciles.

Première. – Le printemps annonçait la première partie du baccalauréat : l'épreuve de français. Notre professeur, qui ne jurait que par Giono, ne comprenait rien à la littérature ; il fallait toujours s'en remettre à des gloses déjà publiées, à des explications officielles, à des commentaires vieillots qui, de générations en générations, faisaient autorité dans les lycées. Hugo, notamment, que j'eus la joie de redécouvrir beaucoup plus tard, était recouvert de toiles d'araignées ; il n'y avait plus une miette à picorer dessus. Tout avait été dégoisé sur lui. Il s'agissait, non de se confronter à la belle nudité du texte, comme s'il était sorti la veille en librairie, mais de pouvoir régurgiter, le jour de l'examen, les formules savantes élaborées par des exégètes d'avant-guerre.

Dans mon coin, loin de toutes ces recettes, je commençai de dévorer Céline. Mon dépucelage eut lieu par *Le Pont de Londres*, qui est l'ancienne dénomination de *Guignol's Band II*. J'eus cette révélation, dont Kafka et Péguy m'avaient averti, mais qui ne concernait pas plus Gide que Sartre : la littérature peut faire mourir de rire. Jamais je n'avais tant ri, et jamais le génie littéraire ne m'avait paru si intense, si fou, si pénétrant. J'en conclus, et Nietzsche m'en apporterait bientôt la confirmation théorique, que rien, sur cette misérable planète, n'était plus dangereux que l'esprit de sérieux. L'ennemi, c'était la gravité ; les deux sens du mot se rejoignent sans effort : la pesanteur et l'absence d'humour.

Parallèlement à Céline, dont j'avalai l'œuvre dans sa quasi-totalité, je m'émerveillai devant la puissance de feu de Francis Ponge qui devint (il l'est resté) mon « poète » de prédilection – il ne supportait pas qu'on le qualifiât de poète, c'est pourquoi j'utilise les guillemets. Son cosmos était celui des mots ; il ne tolérait pas que la chose et le mot ne se confondissent point. Il propageait un fantasme propre à la langue hébraïque. En hébreu, *davar* signifie à la fois le mot et la chose. Rabotant infiniment le mot, le façonnant, le sculptant inlassablement, Ponge s'employait à ce qu'il épousât parfaitement, non seulement la forme du savon, mais le savon lui-même. Des termes comme « pluie », « huître », « fenêtre », « verre d'eau », « pin » étant usés jusqu'à la corde, il s'agissait de les faire rejaillir de l'habitude et du néant, de les désoublier, de les désocculter, de les désensabler, de les désensevelir. C'est ce à quoi, dans son établi du verbe, se livrait infatigablement Francis Ponge. Le monde, plongé dans l'utilitarisme, ne voyait plus les choses ; il n'était conçu que par et pour les objets. Ponge, lui, redonnait sa dignité aux choses. Son œuvre offrait, comme celle (dont elle est si proche) de Heidegger, une possibilité de s'extraire du positivisme pour dire l'univers autrement : par la parole. Je compris grâce à Ponge que lorsqu'un mot vient à disparaître du dictionnaire, la réalité qui était dite par ce mot disparaissait puis mourait avec lui. Le monde n'était pas un réceptacle aveugle et passif, imbécile, où s'ébrouaient tranquillement, en toute impunité, les lois de la physique ; le monde n'était rien tant qu'il n'était pas dit. Si le mot « chaise » n'existait pas, nous ne saurions où nous asseoir.

Je me mis à imiter Francis Ponge. Comme à mon habitude, c'était un autre que moi, un tout autre, que je voulais à tout prix être. Après avoir incarné tour à tour Gide, Daudet, Guitry, Péguy et Sartre, Evry Schatzman et Jean-Claude Pecker (pour n'en citer que quelques-uns), je m'étais, tel le bernard-l'ermite, désormais installé dans la peau de l'auteur du *Parti pris des choses* (un des livres les plus importants du vingtième siècle et que m'offrit, bien des années plus tard, lors d'un séminaire que je consacrai à Ponge, dans l'édition originale de 1942, sa fille Armande).

Je composai bientôt des textes hyperpongiens – et puisque nous en sommes à faire l'apologie d'une œuvre qui aime appeler les choses par leur nom, disons-le tout net : j'étais un sale plagiaire. Rien ne m'arrêtait plus : « Le brouillard », « L'automne », « L'autoroute », « La tasse de café », « Le coupe-papier », « Le dimanche », « Le poney », « Le dauphin », « La sortie des classes », « L'aube ». Matin, midi et soir, au lieu que de réviser, je « pongeais ». Dans un texte intitulé « Et Ponge », qui fit durablement ma fierté, j'osai le rapprochement (dont j'ignorais alors que Ponge soi-même l'avait développé) entre l'éponge et l'écrivain.

Un soir, tandis que je me livrais avec gourmandise à un « commentaire composé » d'un poème de Jules Supervielle (Supervielle est injustement oublié ; il ne devait pas tarder à rejoindre le comité très encombré de mes admirations), je surpris des éclats de rire dans la salle à manger. Mes parents recevaient à dîner. L'hilarité, qui ne cessait pas, gênait ma concentration. À pas de loup, je m'approchai pour espionner la scène. J'entendis des exclamations bariolées, souvent moqueuses, emplies de mépris ; le vin semblait provoquer une manière de consensus désagréable. J'ignorais quel pauvre diable était la cible des quolibets, mais une chose était sûre : on se moquait sans la moindre pitié d'un absent.

Il y avait toujours un des convives, quand ce n'étaient pas mes parents eux-mêmes, pour remettre du carburant dans cette invisible machine à fiel qui faisait s'étouffer chacun. Les faciès viraient au carmin ; on pleurait littéralement. Les femmes essuyaient leur rimmel à l'aide de serviettes de table en coton blanc qui avaient, selon ma mère, « coûté les yeux de la tête » et qu'on ne sortait que pour des occasions où l'on se passait très volontiers de ma personne.

Quand je compris de quoi il s'agissait, quand je saisis quelle était la source de cette débauche de fous rires, de cette épilepsie générale qui secouait la table en chêne et faisait tinter les couverts, mon cœur se mit à battre la chamade. Je tremblai de honte. J'allai me recroqueviller dans la buanderie, où la clameur se faisait plus étouffée, et me mis à pleurer. Je me sentais nu ; plus encore : éviscéré. On m'avait vidé de mon intimité. J'eus la sensation du viol. Celui que j'avais plaint sans connaître son identité ni la nature de son crime, celui qui, contre lui, faisait cette moche unanimité, gluante et avinée, celui pour lequel j'avais éprouvé tant de compassion, celui que j'eusse été capable de défendre contre tous, n'était autre que moi-même. C'était de moi qu'on se moquait. C'était de moi qu'on riait. C'était à moi que s'adressaient ces qualificatifs obscènes et dégradants. C'était moi qu'on déshonorait en chœur.

J'entendis mon père, presque inaudible dans les ris : « Et celui-là, "Le poney"… » – « "Le poney" ! Ah, le con ! » s'exclama quelqu'un. « Attendez ! Je lis ! » Mon père commença alors la lecture publique : « "Il se frotte au pré. Son sabot s'enfonce dans la gadoue d'après pluie." » Ce début de mon texte eut l'effet d'un juke-box dans lequel on vient de remettre une pièce ; le délire redémarra. Une voix d'homme n'en put plus (il manqua de s'étrangler) de l'expression « gadoue d'après pluie » dont j'avais pourtant été si fier et qui, sur ma feuille, devant ma fenêtre où pénétrait la belle douceur du printemps, m'avait momentanément rendu heureux. Il répétait, jusqu'à la lie : « gadoue d'après pluie ». Des femmes lui emboîtèrent le pas. On se gaussa derechef.

Mon père passa ensuite, entre le fromage et le dessert, à un mien texte sur les cailloux, sur le ciel, sur le clou et sur la mer. Les sonorités provenant de la table semblaient d'airain. Les sentences, implacables et définitives, me plaquaient au sol, sur lequel je me vrillais, me contorsionnais de douleur. Un des convives se mit le doigt dans la bouche pour lire « Le dauphin ». Un autre réclama qu'on relût la « phrase grotesque » qui achevait le poème consacré au feuillage. Chaque passage déclamé me tyrannisait. Mes propres mots, ces mots usinés dans mon atelier intime, écrits pour personne d'autre que moi-même, mais ces mots qui m'avaient fugacement, illusoirement, fait croire et accéder à mon génie, voilà que, pleins d'épines, ils se retournaient contre moi ; voilà qu'amis hier, ils devenaient aujourd'hui des ennemis. Ils m'assaillaient comme des guêpes, me criblaient comme des flèches. Ce que j'avais cru monumental était ridicule. J'étais terrassé par ma prose.

Ce qui m'immolait, ce n'était pas tant la raillerie, que la preuve qu'une fois sonore et public, partagé et d'une certaine façon « publié », ce que j'écrivais suintait la médiocrité. Si moquerie il y avait, c'était bien parce qu'il y avait motif de moquerie. Je ne serais jamais qu'un raté. Mon tout premier, et dernier, comité de lecture s'était réuni à mon insu puis, sans intention de me blesser parce que j'en étais absent, avait fait l'unanimité contre moi et mes risibles pongeries. Ces gens se fussent-ils tout également payé le vrai Ponge ? J'eusse donné cher pour qu'un extrait de *La Rage de l'expression* se fût glissé parmi mes productions. Eussent-ils craché leur vinasse à la lecture du « Galet » ou du « Pain » que j'eusse été sauvé. En attendant, j'étais mort. Il s'agirait de déchirer mes papiers, de brûler mes brouillons (et, cette fois, de le faire moi-même, de mon plein gré) puis de m'abandonner aux mathématiques ; j'y étais tout aussi misérable, mais du moins mes copies ne déclencheraient-elles les rires de personne. Quand on est moyen en algèbre, on y est moyen comme tout le monde ; on y est médiocre comme tous les médiocres avant et après nous. Tandis qu'écrivain sans talent, on est un écrivain ridicule. La langue ne voulait pas m'accueillir. Ponge, Céline, Gide, Péguy, Daudet, Guitry, Kafka relégués dans un placard, avec la rallonge électrique, remplacés par Fibonacci, Wallis, Riemann, Hamilton, Cauchy, Abel, Gauss. Ce serait donc les matrices, les nombres complexes, les noyaux, les corps, les suites, les séries, les ensembles, les déterminants, les valeurs propres, les lemmes, les dérivées, les intégrales. Ou peut-être bien la mort.

Terminale. – Ma mère fit, l'année de mon baccalauréat, l'acquisition d'un piano. J'avais reçu l'interdiction formelle de poser un seul de mes doigts sur une seule de ses touches. Dès que mes parents s'absentaient, j'exécutais aussitôt d'infernaux solos de free jazz et de combinaisons néo-bouléziennes. Je vengeais ces années de solfège de jadis, du temps que je restais figé devant l'instrument sans pouvoir jamais en jouer.

À l'oreille, je parvins à restituer certains standards de mes idoles ; quelques thèmes de Miles Davis, des introductions simples de mon groupe fétiche, les Who. Au bout de quelques mesures, quand la musique devenait trop complexe, je détruisais la mélodie par des improvisations hystériques, folles, inaudibles. J'avais la faiblesse de me croire fait pour le piano.

Dans le catalogue de mes élévations, parmi les personnages mythiques composant cette galaxie éparpillée qu'était ma « personnalité », on ne comptait pas que des écrivains ; s'y trouvaient aussi des musiciens. Au sommet de cette famille, j'avais placé Bill Evans.

Personne ne donnait mieux envie de pleurer que Bill Evans ; son doigté d'automne – ses phalanges tombaient sur la note comme des feuilles mortes –, la douceur mélancolique de ses accords, ses sonorités de pluie sur la mousse accompagnaient mes heures. Bill Evans ne jouait pas d'un instrument : il vivait incessamment sa mort ; il semblait avancer vers la nuit, calmement, sans jamais se retourner. Quelque chose dans sa manière fabriquait de la brume. En écoutant ses disques, j'avais peur de le déranger ; je craignais qu'il cessât de jouer. Evans paraissait si fragile, si éphémère, si bancal et vacillant, qu'une rayure sur mon 33 tours eût certainement pu le tuer. Il fallait prendre mille précautions en posant le disque sur la platine.

Écoutant Bill Evans, je bravais deux interdits : faire fonctionner la platine (une des fautes les plus graves et les plus sévèrement réprimées selon le règlement interne du foyer) et écouter du jazz. Le jazz, pour mon père, n'était que beuglement de jeune veau, hurlement de coyote ou couinement de cochon en passe d'être égorgé. Il ne s'agissait pas pour lui de musique, mais de bruit réservé aux nègres. Dès que je le pouvais, grâce à quelques pièces offertes par ma grand-mère, je fonçais chez Music 2000, rue Bannier, pour m'approvisionner en son. Albert Ayler, Duke Ellington, John Coltrane, Grover Washington Jr., Sonny Rollins, Wayne Shorter, qui m'enchantaient les oreilles, furent écoutés, disséqués, étudiés puis soigneusement camouflés là où je le pouvais. Une fouille minutieuse causa quelque jour leur destruction intégrale ; j'optai alors pour les cassettes, plus faciles à dissimuler.

Je me serais bien remis à l'étude sérieuse du piano, et m'en ouvris à mes parents qui me rirent au nez : on m'avait autrefois donné ma chance ; je n'avais comme d'habitude pas su la saisir ; j'étais un imbécile, un velléitaire, un raté. « Tu ne sais rien faire. Rien. Tu commences tout et tu ne finis rien. Tout cela va mal finir. De toute façon, après le bac, tu me fous le camp, avait asséné mon père. Nous n'allons pas entretenir une feignasse comme toi toute notre vie. Tu passes ton bac et tu dégages. On ne veut plus te voir. » La vérité était plus nuancée : je savais que si j'étais accepté en classe de mathématiques supérieures, j'obtiendrais (j'étais bien stupide d'y aspirer) un sursis. Rien n'eût fait davantage plaisir à mes parents que de me voir intégrer l'École polytechnique ; non qu'ils se souciassent de mon avenir, dont ils se fichaient comme d'une limace écrabouillée, mais parce qu'avec un tel événement (mon entrée dans l'immarcescible sanctuaire de l'élite) ils eussent pu longtemps se pavaner en société. Reçu à l'X, c'était une partie d'eux-mêmes qui y pénétrait.

Un jour pluvieux d'octobre, épuisé par une fréquentation trop assidue des espaces vectoriels, je décidai, mes parents étant absents, de me relaxer en malmenant ce pauvre piano. Ne sachant pas le solfège, j'étais condamné à répéter inlassablement les mêmes motifs, mais cela ne faisait rien : mon son m'enivrait ; abandonné à ma mégalomanie et à quelques misérables rêves de gloire, je tapais comme un damné sur le clavier en fermant les yeux. Je me prêtais un génie incongru, fantasmé, quand une vidéo de la réalité m'eût irrémédiablement fait honte. Je n'exécutais au vrai que des chimères ; j'étais un mime, un pitre, un imposteur. Comment pouvais-je croire que, sans le moindre appui théorique ni une seule leçon, j'aurais la plus petite chance de composer ? Les aberrations sonores, les cacophonies abrutissantes que je produisais sonnaient, dans ma tête et dans ma folie, comme des chefs-d'œuvre inédits de Bill Evans.

C'est alors que, littéralement de nulle part, surgit mon père armé d'un énorme marteau « Facom ». « Ah ! Tu aimes taper ! Eh bien on va taper ! » Les yeux injectés de haine et de sang (les vaisseaux avaient éclaté comme un feu d'artifice), il se mit à frapper de toutes ses forces sur le clavier, dont je vis les touches jaillir dans les airs à la façon d'étincelles. Une touche manqua de le blesser à l'œil droit. Il lâchait ses coups avec une brutalité assourdissante ; son solo émanait des enfers. Jamais, je crois, je ne verrai plus, de mon existence, un être humain s'en prendre avec tant de sauvagerie (je devrais dire : de barbarie) à un instrument. En bon pongien, ce piano, à mes yeux, n'était nullement un objet ; il était une chose. Il était un poème en soi. Un piano n'est pas n'importe qui. Il émet des avenirs, des cosmos, et provient des profondeurs de l'âme humaine, dont il incarne les folies. Chaque piano contient, à l'état d'hypothèse, d'énergie potentielle, de possibilité, les œuvres de Rachmaninov et de Schubert, de Mozart et de Conlon Nancarrow.

Sur l'instrument planent tous les airs composés, les sonates divines, les solos fatidiques ; attendent là, aussi, installées sur leur mystère, sous nos yeux, toutes les mélodies qui verront le jour demain. L'histoire, future et passée, du génie humain habitait ce piano – mon père, couleur de lave, crachant, suant, éructant, attaquait maintenant le corps de l'instrument, fracassant sa partie latérale, sa hanche. Puis il massacra la partie haute, d'où giclèrent mille cordes. Il me sembla entendre le piano crier.

J'aurais imaginé que ma mère, à qui l'instrument appartenait, fût venue interrompre cette destruction sacrilège. Ce ne fut nullement le cas, bien au contraire : heureuse sans doute de se débarrasser, en même temps que du Steinway, de sa propre incapacité à progresser (elle stagnait sur la « Lettre à Élise » depuis des mois sans la moindre éclaircie), elle exécuta de petits bonds joyeux, semblables à ceux des chiens, qui agitent leur queue comme un bâton souple quand leurs maîtres rentrent à la maison. « Bien fait ! Bien fait ! On t'avait prévenu ! Enculé ! » s'égosillait-elle, jetant toutes les braises de sa cruauté sur la démence paternelle. Cette femme, ma mère, se montra si frétillante et comblée à la vue de ce spectacle – peut-être inédit à la fois dans l'histoire des familles et dans l'histoire des pianos – qu'on eût dit que ses insultes étaient chantées.

Le voisin du dessus, M. Saunier, alerté par le vacarme, descendit. C'était un militaire en retraite auprès duquel mon père s'était maintes fois renseigné pour m'envoyer dans les enfants de troupe ; Saunier fut, comme l'on pouvait s'y attendre, comblé par la mise à mort d'une machine qui l'empêchait régulièrement de regarder la télévision dans le calme requis. Sa face couperosée et crevassée affichait un sourire que je n'imaginais possible que dans les camps de concentration nazis, où la haine de l'art était parallèle à la haine de l'humanité. « Je ne jouerai plus, mais lui non plus ! » lui lança ma mère, remplie de bonheur. Le militaire conclut : « Ah, ça ! » Puis il rentra chez lui, fier d'annoncer la bonne nouvelle à son épouse rapetassée.

L'épisode pianistique n'en resta point là ; je dus aider à sortir ce qui restait du cadavre hors de l'appartement. Puis je fus sommé de quitter la cellule familiale pendant une semaine. Je dormirais où je voudrais, « mais pas ici ». N'osant déranger aucun de mes camarades de lycée, j'élus tout simplement notre garage, que nous n'utilisions pratiquement pas ; la voiture « dormait dehors », comme disait mon père, si bien que le garage, moins hostile et moins sinistre que la cave, offrait une zone de repli assez confortable – les effluves d'essence m'avaient toujours enivré. Je m'établis là à l'insu de l'univers, me confectionnant un petit bureau avec des pneus entassés ; une banquette désossée, que je recouvris de couvertures maculées d'huile de moteur, me servit de couche. La lumière fonctionnant, je n'eus aucun mal à réviser. En ma qualité de demi-pensionnaire, je déjeunais à la cantine ; je bourrais mon cartable de morceaux de pain pour le soir. Rentré dans mon refuge, je passai là huit jours à peu près exquis. Je ne fus ni repéré, ni inquiété ; des toilettes, par miracle, avaient été conçues dans un corridor lugubre que nul n'empruntait jamais. Un évier me permit de me laver, bien que démuni d'eau chaude. Je ne changeai pas de vêtements pendant la durée de mon séjour ; personne, en classe, ne s'en étonna ni ne me le fit remarquer. Jamais je n'ai si bien étudié que dans cet antre, bercé par le va-et-vient des voitures, leurs démarrages, les crissements de leurs pneus, les claquements de leurs portes. J'avais, plus jeune, émis le souhait de devenir pompiste. Je m'en approchais. À mes côtés : le piano défoncé. Il ressemblait à un cachalot éventré ; j'avais de la peine pour lui. Je pensais à son calvaire. Il était mort sous les coups de mon père. J'avais eu jusque-là plus de chance que lui.

Mathématiques supérieures. – Les choses devenaient sérieuses ; j'avais pour mission de me diriger vers l'X. Peu importait à mes parents que mes professeurs, unanimement, m'eussent conseillé, l'année de terminale, de m'orienter vers une khâgne. Mon père considérait les études de lettres comme une gabegie strictement réservée aux saltimbanques, aux drogués, aux déclassés, aux rebuts de la société. J'eus beau expliquer que mes copies d'histoire, que mes dissertations de philosophie étaient régulièrement citées en exemple dans les classes préparant l'École normale supérieure, rien n'y fit. Il s'agirait d'entrer à l'X ; tout échec vaudrait provocation. On me parla dès lors avec davantage de respect que dans tout le reste de mon existence, comme si j'eusse déjà intégré la Jérusalem de l'enseignement supérieur.

Je sentais bien, pour ma part, que l'erreur de casting était manifeste ; dès les premiers cours, consacrés au « vocabulaire ensembliste », assénés au pas de charge par M. Sanche, par ailleurs organisateur, à Orléans, d'un festival de musique contemporaine internationalement célébré, je fus comme perdu en haute mer. Ces supputations logiques, ces alignements de symboles alambiqués me donnèrent rapidement le dégoût des mathématiques pour le reste de ma vie. Je dois confesser que j'étais lent. J'avais toujours été, en mathématiques, le dernier à saisir les choses. J'entends bien que la rapidité fait partie de l'intelligence ; la mienne fonctionnait autrement, par forages laborieux, secousses ralenties, déplacements sourds de blocs. Mais lorsque la chose était saisie, appréhendée, digérée, personne ne pouvait plus me mettre en défaut ; je devenais un pongien des abstractions pures, équations partielles et tenseurs me semblaient aussi proches, intimes qu'un chat qu'on caresse. J'avais alors la sensation d'une familiarité dense, d'une intimité inflexible. Hélas, le rythme de la taupe n'autorisait pas qu'on lambinât parmi les concepts, qu'on tentât de les apprivoiser, de les faire danser sur son propre tempo. C'était « marche ou crève ». À peine commençais-je à entrevoir les viscères d'une théorie, à saisir son bien-fondé, peut-être sa beauté, qu'un nouveau chapitre, à avaler cul sec, commençait. Les devoirs sur table, les colles venaient sans interruption m'informer que je m'étais lourdement trompé de voie.

Je pensais que le cauchemar était partagé de tous ; c'était une illusion. Très vite, la plupart de mes camarades prirent leur envol, puis, pour certains, leurs aises. Le viol intellectuel n'avait lieu que pour moi, sans cesse à la traîne. Je subissais tout, sans que nul eût jamais pitié de moi, ni les professeurs, ni le programme, ni mes condisciples ; dès que je comprenais une portion de paragraphe, je m'affaissais aussitôt après, à cause d'une définition, d'un lemme, d'une remarque qui me clamait que j'étais dans l'erreur. Jamais je ne parvins à esquisser la plus petite démonstration rigoureuse. Je tissais des raisonnements fumeux. Lorsque je passais au tableau, c'était l'humiliation. Ahanant quelques inepties, articulant des réflexions amphigouriques et floues, je me démasquais tout seul, irrémédiablement, à tel point que bientôt je devins une entité invisible dans la classe.

Étrangement, c'était moi pourtant que M. Sanche fixait quand il faisait son cours, rédigeant intégralement et impeccablement les chapitres au tableau, ce, sans la moindre abréviation ni le moindre raccourci paresseux : ce que sa craie traçait était publiable tel quel. Sa rigueur, la netteté de sa pensée, la précision de ses formulations forçaient notre respect. C'était, pour ce qui me concernait, donner de la confiture à un cochon. Mais, sans doute informé que j'avais, dans d'autres matières, des capacités reconnues par ses collègues, il me considérait. Cela suffit à panser mes plaies. J'abandonnai tout espoir de convoiter une école d'ingénieur correctement classée.

J'eusse rêvé de passer des centaines d'heures à étudier Bergson, à traduire Hegel ou à surligner, muni d'un feutre fluorescent, des polycopiés sur la notion de vérité chez Heidegger : ce serait dans une autre vie. J'étais en train de gâcher mon avenir – j'allais, par le jeu d'un mécanisme aberrant de tri mal fait, finir dans une piteuse école, à apprendre comment fonctionnait un système hydraulique, une machine à laver, une antenne hertzienne. C'en était fini de moi. Le monde adulte, qui déjà donne envie de poser le métal froid d'un pistolet sur sa tempe, serait constitué d'équations minables, de cambouis, de circuits électriques, de lampes, d'usinages. De persistantes nausées s'emparèrent de moi.

Tentant le tout pour le tout, voyant que cet échec annoncé me tuerait de toute façon, j'écrivis une longue lettre au proviseur d'un des lycées parisiens les plus réputés ; j'y décrivais, accompagnant ma prose, les affres du quotidien d'un étudiant mal orienté. Je me dépeignais – outrancièrement – comme la victime d'un système défaillant, débile : j'étais un khâgneux déguisé en taupin.

Contre toute attente, je reçus de l'établissement renommé une lettre courtoise, intelligente, et positive. Touché par la vérité de mon expression aussi bien que par la fébrilité de la démarche, le proviseur – il s'agissait d'une femme – avait considéré que ma requête était non seulement recevable, mais urgente. J'avais joint à ma lettre pleurnicheuse et paniquée, articulée comme une plaidoirie, mes bulletins de note de première et de terminale, ainsi que la photocopie de mes copies de français et de philosophie du baccalauréat. Je fus galvanisé par cette réponse ; je me fichais bien des débouchés, et l'hypothèse de l'École normale supérieure était le cadet de mes espérances : je n'aspirais pas à bifurquer vers l'hypokhâgne pour intégrer une école, mais pour me précipiter sur les livres au programme, les thèmes, les versions, les études de textes, les cours de philosophie. N'était entré dans ma démarche désespérée aucun calcul ; je n'avais point œuvré dans la balistique mais dans la gratuité : je ne pensais qu'à la félicité procurée par un cours qu'on aime suivre, un thème qui nous passionne, un auteur qu'on adule.

Une date fut décidée pour un entretien avec le proviseur au sein de l'établissement ; j'avais manigancé cette manœuvre dans le plus grand secret, sans en aviser les autorités parentales. Un matin, faisant mine d'aller en cours de physique, je pris sournoisement le train en gare d'Orléans, direction Paris. N'ayant pas de quoi payer mon billet, je resquillai. Je ne fus par chance pas contrôlé.

Le rendez-vous avait été fixé à 14 heures. J'arrivai à Paris aux alentours de 9 heures. Je me rendis sur la tombe de Raymond Roussel, au Père-Lachaise. Il reposait seul dans un caveau prévu pour toute une famille. Cette incongruité très rousséllienne m'enchanta. Sa solitude offrit un écho à la mienne. Je déposai sur sa pierre un petit poème, bâclé, puis me rendis au cimetière de Montmartre, où je visitai Stendhal et Sacha Guitry. Je n'eus pas le temps de me recueillir, à Montparnasse, sur la tombe de Poulou. Quant à Gide et Péguy, ils reposaient respectivement à Cuverville-en-Caux et à Villeroy ; du moins fis-je un passage rapide au 1 bis rue Vaneau, où l'auteur de *Corydon* avait conclu sa vie. J'y rencontrai par hasard un couple de retraités affables qui l'avaient connu et m'en parlèrent comme d'un poseur : « Il lisait en marchant. Ou il faisait semblant. On n'aurait su dire ! »

Arrivé dans le hall du lycée, je me rendis à l'accueil ; on m'y annonça, sur un ton que je jugeai instantanément faux, que madame le proviseur ne pouvait me recevoir aujourd'hui et qu'« elle me rappellerait ». N'ayant pas laissé le moindre numéro de téléphone, je ne voyais pas comment elle réussirait cette prouesse de « m'appeler ». Je sus bien des années plus tard ce qui s'était passé : mon père, qui avait intercepté la lettre, s'était rendu la veille de mon entretien dans l'établissement. Il avait exigé d'en rencontrer le chef, menaçant de faire un scandale si sa demande n'aboutissait pas. Il fut reçu et son attitude fut si lamentable, ses menaces si basses, qu'on préféra se débarrasser de lui en se débarrassant de moi. L'esclandre n'était pas passé inaperçu. Il avait insulté la brave femme qui avait choisi de me recueillir dans le saint des saints, arguant qu'il était irresponsable de me faire monter à Paris sans moyens, d'une part, et suicidaire que de m'encourager à changer d'orientation plusieurs semaines après la rentrée scolaire, d'autre part. Il menaça l'établissement d'avocats, de procès, et, dans l'acmé de sa fureur, de représailles à la teneur plus sombre.

Ma carrière d'hypokhâgneux s'achevait sans avoir commencé ; je resterais un littéraire éthéré, un normalien imaginaire, un agrégé virtuel. Je ne deviendrais rien que je fusse susceptible d'aimer. Jamais je ne me ressemblerais : mon ultime chance d'être moi venait d'être fracassée par l'intervention de mon père qui, non content de suicider mon avenir, m'avait couvert de honte.

Perdu, ivre de solitude, déboussolé, sonné, je déambulai dans les rues de la capitale, au hasard, me perdant, me retrouvant ; le soleil posait sur la pierre des immeubles des doigts beurrés, étincelants comme des flèches. Paris était bruyante et polluée ; les gens y grouillaient. Leur empressement et leur nombre m'effrayèrent. C'était une ville qui collait le trac. Sans doute, je n'eusse pas été prêt pour entrer sur cette scène. Je marchai sur les quais de Seine. Je voulus feuilleter un pamphlet de Céline chez un bouquiniste ; celui-ci m'invectiva. Je reposai l'ouvrage puis allai m'asseoir sur une marche, en face de Notre-Dame. L'automne commençait doucement ; sa rousseur humide, son jaune fatigué enrobaient les végétaux, les bâtiments et les hommes ; la texture de la réalité était triste. Je pris le métro, en resquillant, jusqu'à la gare d'Austerlitz. Dans le train du retour, je ne me fis pas davantage contrôler qu'à l'aller. Le lendemain matin, à 8 heures précises, je montai sur l'estrade pour résoudre un problème de thermodynamique relatif au cycle de Lenoir.

Mathématiques spéciales. – Ce fut l'hallali. L'année qui avait précédé, en classe de mathématiques supérieures, je n'avais pas le temps de faire les exercices ; je les recopiais sur des cracks. Et je comprenais ce que je recopiais. En classe de mathématiques spéciales, je ne saisissais rien de ce que je « pompais ». J'étais devenu un ventriloque. Je me démenais à l'intérieur d'un cauchemar. Je souhaitais qu'une guerre éclatât, qu'une mobilisation générale vînt faire cesser net l'obligation de se rendre en cours. Le tableau se couvrait de notions qui, toutes, me ramenaient à ma nullité et ne faisaient qu'accentuer, en même temps que mon impuissance, mon aversion pour les matières scientifiques.

La professeure de physique était une duègne remplie de ressentiment ; le professeur de mathématiques, un adolescent attardé génial mais brouillon (il ne s'adressait qu'à ceux qui partageaient avec lui la passion de l'algèbre) ; le professeur de chimie un gandin passionnant, élégant, affublé d'un nœud papillon et de costumes impeccables (avec pochette), mais dont la vélocité intellectuelle s'avéra trop poussée pour mes misérables capacités. Quelque chose, dans mon entendement, comme eût dit Kant, bouchait l'entrée des équations, interdisait d'accès les formules, frappait d'infamie les hypothèses, les démonstrations, les concepts. Dans mon crâne en passe d'exploser s'était, depuis tant de mois, formée une bouillie telle que bientôt je ne sus même plus ce que signifiaient un nombre naturel, une fraction, une droite, une fonction dérivable. Ces essences avaient, par trop de théories et de définitions, perdu leur belle évidence. Cent pour cent de ce que j'étais contraint d'étudier me devint opaque ; aucun rayon de lumière ne pénétra plus dans mon cortex cérébral.

Un « colleur », père d'un ami roumain, spécialisé dans les probabilités et les mathématiques financières, diagnostiqua, me voyant à la peine et les yeux injectés de sang, une dépression nerveuse. Jamais je n'aurais pensé que je pusse être concerné par un tel mal ; mon père avait la dépression en horreur – c'était le lot des caractères faibles et des « chochottes », des petites natures, des pédérastes, des gidiens. Cette maladie n'en était à ses yeux pas une ; c'était une lubie, un luxe, qui arrangeait bien les profiteurs et les artistes, et qui surtout creusait de manière indue le déficit de la Sécurité sociale. « Deux claques dans la gueule, et au boulot ! » avait-il coutume de déclamer quand il évoquait, plein de mépris et saturé de hargne, le cas d'un patient dépressif.

Lorsque, le soir même (nous étions en novembre

et une pluie glaciale giflait les murs de la ville), j'informai mes parents de l'intuition du colleur, mon père, secoué par la rage, se leva d'un bond et renversa la table. Assiettes, verres, brocs furent pulvérisés par leur chute sur le carrelage. « Tu dégages ! Tu dégages ! » fulmina-t-il, en profitant au passage pour shooter dans notre chien, un basset hound régulièrement martyrisé. La bête, qui alla valdinguer contre le mur de la cuisine, émit un cri dont la fréquence manqua de me percer les tympans puis, le regard baissé, se précipita dans sa panière où elle se recroquevilla, tremblante, rêvant de se dissoudre.

Mon père m'attrapa par les cheveux, ainsi qu'au bon vieux temps ; il me tira jusqu'au salon et me fracassa le crâne contre la baie vitrée, dont le verre céda. Je fus défenestré. Sanguinolent, couvert de plaies, couché sur la pelouse boueuse, trempé de pluie, je fis d'abord semblant d'être évanoui, non tant pour me soustraire aux coups suivants que pour déstabiliser l'ennemi. Ma naïveté était confondante ; se ruant sur moi, recevant les giclées de l'averse, mon père, prenant un léger élan, frappa mes côtes comme on shoote dans un ballon. L'embout de ses souliers pointus me transperça plusieurs fois ; je toussai. Puis, de même que dans ces matchs de catch où la gadoue et le ridicule se confondent, je me relevai. Mes mains étaient secouées de spasmes. Je m'approchai, le regard fixe.

Mon père sentit que ç'avait été la fois de trop. J'étais prêt à mourir, cette fois, pour défendre mon intégrité. Les coups, les mathématiques : c'était terminé pour moi ; j'en avais trop ingéré. Je saturais. Je ramassai un de ces galets pongiens qui décoraient une triste rangée de thuyas et fis deux pas dans la direction du géniteur. Il pâlit instantanément : « Bon, allez, ça suffit ! Arrête tes conneries ! » Je m'approchai. « Tu arrêtes tes conneries ! » Je reposai le caillou et lui crachai au visage.

Quelques secondes plus tôt, il avait mis ses bras dans cette position que je connaissais si bien et qui consiste à protéger son visage à l'aide des coudes ; un réflexe qui ne m'a toujours pas quitté et qui est la signature, reconnaissable entre mille, de ceux qui dans leur enfance ont dû parer la brutalité des adultes. Il était là, interprétant en quelque sorte mon rôle, grimaçant comme un supplicié, chétif, fragile, grotesque. Il me fit pitié. C'était fini ; les rôles ne seraient plus jamais les mêmes : je cesserais d'être dévolu aux fouets et aux poings. Je l'avais contraint d'endosser la position mimétique de la victime : il avait vécu quelques secondes, c'est-à-dire pour toujours, dans cette géographie recroquevillée et plaintive, dans cette configuration de l'abandon absolu, là où la dignité se noie, où l'avenir meurt et où la vie, chaque fois, risque de s'éteindre un peu plus.

Il ne me pardonnerait jamais l'absence de coup prodigué ; si j'avais riposté par le galet, il eût considéré que nous entrions dans sa logique, sa loi du talion – l'honneur eût été sauf. Mais j'avais perturbé les règles du jeu : je l'avais soumis pour rien ; je l'avais poussé, pour des prunes, dans la gestuelle honteuse de l'imploration et le bredouillement nerveux des faibles. Je l'avais contaminé. Il saurait désormais ce que signifie ce laps de temps, infime et pourtant infini, où le coup n'est pas encore parti, où il semble pouvoir, si la pitié en décide finalement ainsi, ne pas partir du tout – cette anfractuosité temporelle où celui qui n'a aucune chance d'en réchapper dresse la liste, avec la fulgurance d'un choc électrique, que ce soit par des regards ou par des mots, de toutes les raisons qui pourraient stopper l'imminente sentence.

Je rentrai dans le salon en faisant des marques de pas sur le tapis ; habituellement, cela m'eût valu un châtiment sans appel. Là, rien. Ma mère, qui avait assisté à la scène en criant tout et son contraire, resta bouche bée. Sur mon passage, avec le maximum de calme et de douceur, comme au ralenti, je renversai, les fracassant, tous les vases et moches bibelots qui, disposés çà et là sur le mobilier, m'avaient depuis tant d'années donné envie de vomir.

La pluie, dehors, avait redoublé. Enfermé dans ma chambre, je me saisis de tous mes classeurs de mathématiques, de physique, de chimie. Des centaines et des centaines de pages saturées de vomissures axiomatiques et de pollutions analytiques. À l'aide d'un briquet, au beau milieu de la pièce, sans prendre la moindre précaution, me moquant comme d'une guigne que le bâtiment fût dévoré par les flammes, je fis de toute cette matière un feu de joie qui, tandis que j'écris ces lignes (vendredi 4 janvier 2019), me réchauffe encore le cœur.

Je ne sauvai que ma planche à dessin, non pour continuer à m'exercer à cette lugubre spécialité qu'était le dessin industriel, alors obligatoire en classes préparatoires aux grandes écoles, mais pour me remettre à la bande dessinée. Franquin, Mœbius, Tardi et tous les autres auraient-ils moins de génie que ces mathématiciens dont on nous faisait ingurgiter les théories ? Campaient-ils des demeurés parce qu'ils s'adressaient, non strictement aux enfants, mais à l'enfance ? Il m'apparut que l'humanité se montrait trop étroite, trop sérieuse, trop grave ; qu'il fallait, dans l'existence que je décidai de commencer sur-le-champ et qui serait la mienne si je me donnais le droit, le courage et la liberté de la vivre, ne jamais subir les règles des autres. Tout effort ne devrait être qu'un travail sur ce qui nous semble d'abord simple et naturel. Plus jamais on ne me forcerait à trafiquer ma nature, à la faire ployer, jusqu'à s'humilier, pour qu'elle se configure selon le goût, la morale ou l'intérêt d'autrui.

C'est en moi-même que je voulais faire carrière ; devenir quelqu'un qui ne fût que moi. Ou plus exactement devenir un moi qui ne pût être quelqu'un d'autre. Nul, jamais, ne pourrait plus m'infliger ce que je refusais de tout mon être. Quiconque m'éloignerait de mes penchants, de mes impulsions intimes, de ma personnalité profonde, représenterait désormais un ennemi que je n'aurais aucun scrupule à éliminer. Ma patience était dépassée ; je naissais avec vingt ans de retard. Je n'avais plus une seconde à perdre. En même temps, je me persuadai que j'avais débuté dans la vie en commençant par la mort. Cela avait été un entraînement, me dis-je. Ce n'était pas perdu. C'était un investissement. Rien n'était plus faux : ce qui est cassé ne se répare pas ; ce qui est brisé se brise chaque jour davantage.

Ce qui viendrait maintenant, c'était le goût des voyages et du vent ; celui de l'amour et des joies. Je rencontrerais une jeune fille rousse aux genoux écorchés. Nous prendrions des douches glacées. Nous pourrions écouter des disques vinyle de Charles Ives et attendre le mois de juillet pour assister, ivres, à un concert en plein air d'Oscar Peterson. Nous nous lirions à voix haute des passages de Gogol, de Baudelaire, de Michaux. Nous découvririons ensemble l'immaturité de Gombrowicz, qui deviendrait notre héros. Nous serions tellement heureux que nous aurions une peur terrible de la mort ; nous traverserions le désert. Nous fumerions le narguilé. Le soleil nous brûlerait les joues. Nous aurions des enfants dont nous ne serions pas les parents.

II

DEHORS

Maternelle. – J'imaginais à cette époque que le temps était quelque chose de fixe ; que nous habitions une année, ou un mois, comme on habite un pays. Je ne comprenais pas que les adultes eussent pu jadis être des enfants ; ils étaient, selon ma perception d'une temporalité gelée, nés à l'âge auquel je les croisais. Ainsi, Mme Prevost, qui assistait notre maîtresse, Mme Fournier, était-elle venue au monde à quarante-six ans. J'avais eu plus de chance qu'elle, de naître enfant. J'étais né enfant comme on naît chat, lézard, vautour. Dans la cour, la séparation entre les petits et les grands ne m'avait pas mis la puce à l'oreille ; les grands étaient grands de toute éternité et le resteraient. J'avais beau entendre des expressions comme « l'année prochaine », « quand tu seras grand », « tu verras, en CP », elles me laissaient de marbre. Elles ne parlaient pas tant du futur que d'une évanescence, d'un cosmos virtuel, d'un monde imaginaire qui permettait mentalement de s'échapper de l'instant, appelé à durer toujours, où chaque être humain se voyait enfermé.

L'idée que des enfants, dans cette même classe,

entre les mêmes murs saturés de dessins naïfs et multicolores, dans cette même cour de récréation, eussent vingt ans, trente ans plus tôt, creusé de similaires galeries et de semblables châteaux forts dans ce même bac à sable m'avait effleuré, mais je l'avais congédiée. Les dieux m'avaient placé dans une configuration de l'espace et du temps où les soucis n'étaient jamais contaminés par des mots savants, des lexicographies compliquées, des abréviations confuses qui arraisonnaient la réalité pour en faire l'écosystème privilégié des redressements fiscaux, des impôts locaux, des dépistages de cancer ou des allocations chômage. J'évoluai au royaume des crayons, des feutres et du crépon. Le mot « chômage » représentait le mot adulte par excellence. Sa sonorité, désagréable et rurale, qu'on eût dit empruntée à une autre langue que la nôtre, annonçait parfaitement le monde qu'elle indiquait : moche, rocailleux, désespérant.

Les années, les mois, les semaines étaient des abstractions : rien ne bougeait dans les jours ; tout recommençait chaque matin, le soir installait la nuit au même endroit, dans les mêmes coruscations mourantes et dorées, avec un pincement de cœur qui provenait des murmures de la mort. J'enfilais la même blouse et mes camarades revenaient incessamment en classe, toujours les mêmes, identiquement assis, accompagnés des sempiternels mêmes parents qui ne changeaient pas, sauf parfois de vêtements. Le temps, qui pourtant ne sait qu'abîmer, ne perforait rien, n'usait personne, ne ravageait nul visage ; quand bien même eussé-je reconnu qu'il existât, son écoulement semblait si lent qu'il me faudrait mille vies pour vieillir un peu. Grandir, prendre des rides, s'affaisser doucement constituait le problème des autres ; et ces autres n'avaient qu'à faire comme moi : ne pas croire à la croissance des os, aux dates qui meurent, aux saisons qui se succèdent. Avancer n'était pas mon affaire. Je ne faisais que du surplace ; les jours s'empilaient verticalement, posés sur une date fixe qui ne faisait que changer de nom comme on change de pantalon. Dans cette harmonie figée, si rassurante, les conséquences n'existaient jamais : il suffisait d'effacer le lendemain les bévues de la veille, ainsi qu'au tableau noir l'éponge permet de superposer sur l'ancien motif des traits nouveaux sans qu'il soit besoin d'allonger infiniment le tableau.

Je me conçus dès lors comme éternel ; sans souci de disparaître, j'allais pouvoir connaître infiniment chaque camarade, prendre des millions de goûters dans toutes les familles.

Mme Fournier disposait des lettres aimantées au tableau noir ; à chacune correspondait une couleur. Ce système me perturba. La lettre *a*, bleue, gâcha durablement mes ciels : je regardais désormais les oiseaux voler au sein de cette lettre, une des héroïnes du si laid mot de « chômage », et le ciel perdit de sa magie, de sa profondeur. Tout ce bleu, où je nageais, où je planais, où je rêvais ; ce bleu derrière lequel les étoiles se cachaient, où le soleil régnait, ce bleu qui était la seule définition possible de Dieu, voilà qu'il s'associait à une lettre qui ne lui seyait point. Je détestais, de même, que le *a* fût la première lettre de l'alphabet. Commencer par lui, c'était partir sur de mauvaises bases : le *a* constituait un être fermé, replié sur lui-même, qui ne se ressemblait en rien dès lors qu'il accédait au statut de majuscule, où sa prétention éclatait. Sa manière de poser, en tour Eiffel, son anguleuse hauteur, méprisante, annonçait que l'apprentissage de la lecture se ferait sous son magistère et dépendait de son bon vouloir. Je n'aimais pas, non plus, le mouvement de glotte qui correspondait à la prononciation du *a* ; bref, je l'avais pris en grippe et m'avisai que la bonne lettre, pour entrer en matière, était le *z*.

Commencer par lui, le *z*, eût immédiatement rendu à l'univers sa dimension comique : un monde zézayé, où le zèbre eût trôné en totem. Les hommes, hélas, n'aiment rien tant que la modération, la tempérance, la gravité, le sérieux. Étrange paradoxe : l'existence ne s'offre qu'à ceux qui, la brûlant par les deux bouts, hostiles à tout souci d'économie, s'enivrent de sa gratuité en s'en amusant. On nous rebattait les oreilles dès la classe de maternelle sur le miracle de la vie ; cette vie représentait un bien précieux qu'il ne faudrait dilapider sous aucun prétexte. À peine étions-nous sortis du ventre de nos mères qu'il s'agissait de s'épargner. Le souci du système éducatif consistait à produire avec un maximum d'efficacité des individus prêts pour le compte-gouttes et la parcimonie, le bas de laine et la sueur rationnée. Les histoires qu'on nous racontait étaient toutes rédigées sur le même modèle : des enfants imprudents payaient cher leur goût de l'aventure et rentraient au bercail les yeux humides, jurant que plus jamais ils ne répondraient à l'appel du grand large et de l'inconnu, capitales des méchants et des loups.

On nous enseignait, perfidement, incidemment, les linéaments du bonheur occidental, empreint de confort et de certitudes, de loyers dûment payés, de factures honorées, d'anonymat et de modestie.

Mme Prevost correspondait à ces critères ; elle apparaissait anonyme et modeste. Sans éclat, le teint livide et la lippe ridée, cernée de mauve et portant des bas beige qui visaient à faire circuler son vieux sang qu'emprisonnaient des varices saillantes et violacées, elle m'avait pris en amitié. « J'aimerais bien avoir un fils comme toi », m'avait-elle confié, lors d'un après-midi d'orage, après l'heure de la sieste, tandis que, les cheveux en bataille, je bâillais sur les lits de camp que la directrice de l'école, Mme Chevalier, avait fait installer dans la salle de musique. Les stores étaient clos ; on entendait crépiter la pluie sur le toit. Une impression de sécurité infinie m'étreignait. La froideur du dehors et la chaleur de cette femme, usée par des années d'esclavage, fabriquaient un contraste qui ressemblait au bonheur.

Un vendredi matin d'avril, tandis que le ciel baignait dans un bleu d'*a*, on aperçut deux gendarmes devant la grille de l'école. Ils paraissaient si grands, et la grille si petite, qu'on eût dit deux grands singes pénétrant dans une maison de poupée. Le premier arborait, ainsi que l'exige le lieu commun, une moustache propre au siècle qui avait précédé. Elle était lustrée, parsemée de fils blancs. Ses sourcils étaient exagérément broussailleux, comme si les forces de l'ordre, une fois transposées dans la société des adultes, avaient conservé dans un pli de leur mémoire le modèle impétueux, grotesque, légendaire et fanfaronnant de la maréchaussée du Guignol. Son collègue, plus haut en taille, plus jeune (moins vieux), plissait les yeux de telle façon qu'il mélangeait sur son faciès la mystérieuse autorité du cowboy et l'insondable exotisme du Chinois. Chacun, à la ceinture, exhibait un étui où, tel un serpent venimeux dans une boîte, dormait un revolver (c'était un pistolet) qui mit la classe en émoi. L'un de nous, plus chahuteur encore que moi, demanda à l'institutrice si nous pouvions observer les armes de plus près, ce qui fut refusé sans appel.

J'étais fasciné par cette façon qu'avaient les pistolets de la police de ne pas servir – cette utilité pour plus tard. Cette mise en réserve de l'acte de tirer. Cette sagesse surhumaine dont ils faisaient montre en ne jouant pas avec toute la journée. Cette rétention permanente d'action. L'occasion ne se présentait jamais, on ne les voyait jamais dégainer : loin d'émousser leur puissance, de minimiser leur héroïsme, leurs coups d'éclat invisibles, virtuels, augmentaient leur aura ainsi qu'on prête au Père Noël sa magie pour la bonne raison qu'on ne le voit pas descendre, débonnaire et moucheté de flocons, par le conduit de la cheminée.

Tout le monde fut sommé de regagner sa place ; c'est que la classe entière avait été coller son nez aux vitres à l'arrivée des gendarmes. Placé à côté de la fenêtre, aucun détail de la scène ne pouvait m'échapper. Je vis la directrice de l'école, Mme Chevalier, le visage froissé par la peur, ouvrir la grille aux deux hommes qui la saluèrent en soulevant de concert leurs képis lourds et feutrés. Sur leurs lèvres, je lus des bribes de phrases confuses. Le plus vieux parla longtemps ; Mme Chevalier changea de couleur ; elle emprunta celle de la lettre *c*, d'un blanc de drap frais. Les yeux fixes, et vides, elle se laissa accompagner jusqu'au préau, où, de loin, j'aperçus le trio continuer à deviser. Mme Chevalier plaça sa tête dans ses mains ; le moins vieux des gendarmes fit un geste signifiant qu'il faudrait peut-être aller discuter ailleurs, et ils disparurent dans les bureaux de l'administration, un antre chargé de mystère qui faisait face à notre bâtiment et dans lequel aucun enfant ne pénétrait jamais.

Le lendemain, Mme Prevost ne vint pas s'occuper de nous. Elle ne réapparut que longtemps après. Dans cette parcelle de temps immobile, où l'avenir n'était qu'une invention, son fils, lui aussi inlassablement cloîtré dans un instant immuable, s'était pendu dans la salle à manger. Il était né, et mort, à dix-sept ans.

Cours préparatoire. – L'école est un monde dérisoire et minuscule ; une piteuse alvéole logée dans un cosmos si vaste qu'il n'existe jamais. On peut connaître une salle de classe à condition d'y passer un an, d'en repérer la moindre tache sur le mur crème, le plus petit verre à peinture moucheté de gouache incarnadine. Ici, le vivarium où, dans un lacis de broussailles verdâtres, dorment des phasmes ; là, l'aquarium où les têtards slaloment. L'éponge, fraîchement trempée dans l'eau, oublieuse des océans, gonflait sur la rigole du tableau, mouillant les craies voisines – je n'aimais rien tant que l'irruption, sur un tableau saturé de lettres, de chiffres ou de figures blanches, d'une craie de couleur (en particulier la jaune ou la rose, très rares), créant de l'étonnement et faisant comme une fête.

Nous étions des enfants embourbés dans les mots, ahanant, bêlant, crispés sur des cahiers d'écriture, trébuchant sur les syllabes : alentour, les choses se compliquaient dans le monde sévère et assassin. L'histoire se déroulait ; elle avait commencé sans nous, qui n'avions conscience de rien, hors celle d'être tout seuls sur une terre circonscrite à quatre murs ternes et déguisés. Nous ne savions rien des trains, des tortures, de la poésie hermétique, des décapitations, de la pollution, des guerres. Nous n'imaginions pas que la Russie existât ailleurs que dans Jules Verne, dont le nom, estampillé de mystère, revenait flotter régulièrement sans qu'on sût exactement s'il était celui d'un homme, d'une créature ou d'un dieu. « Julverne », que l'institutrice n'avait pourtant point connu, semblait si connu d'elle en revanche que nous pouvions, sans aucun effort, et sans avoir rien lu de lui, affirmer qu'il régnait au fond des mers, à la surface de la lune, dans les entrailles de la terre et sur le toit du monde.

Mme Goujon, une femme fripée, myope et fraîchement veuve, qui parfois, sous nos yeux, était la proie de malaises et s'affaissait, le teint de suaire, sur la chaise de son bureau sis sur l'estrade, arborait des cheveux bouclés. Elle ne jurait que par Michel Strogoff ; je ne mets pas ce nom en italique car je crois bien que, davantage que de l'œuvre, c'est de l'homme, du héros, qu'elle s'était entichée. Aujourd'hui encore, lorsque j'entends ce nom, ce n'est pas sans frémissement : il vient se ranger, docile, dans la silhouette chenue d'une institutrice punaisée sur ce pan du passé où je suis, pour toujours, en train d'apprendre à lire.

Pour convoquer mes souvenirs, je dois me guider dans ma bibliothèque, comme le font les historiens dans les travées des archives ; parfois, une secousse réveille l'écolier : c'est le titre d'une légende, d'un roman, d'un conte, d'une saga. L'ouvrant, je me regarde déchiffrer la langue française, me frayer un passage dans ses herbes folles. Je me répète, comme une incantation m'installant aussitôt sur le petit banc du cours préparatoire, les fossettes creusées par la lumière jaune d'un matin clair, les noms de Ned Land, de Poucet, d'Haroun Tazieff (collègues dans ma conscience) ; et surgissent alors, en même temps qu'une poignée de larmes, l'odeur citronnée de la récréation, les marottes de papier mâché, les craquements légers du plancher de l'estrade quand Mme Goujon, devant la classe extatique, exécutait du premier coup au tableau un cercle parfait.

Mon voisin de pupitre, rempli de poux, sentait le vinaigre ; on disait de lui qu'il était « pauvre ». Il se nommait Emmanuel Dussutour. Il vivait, insinuait la rumeur, dans une masure remplie de petits frères, de petites sœurs et de rats. Je revois avec netteté ses lunettes difformes derrière lesquelles ses yeux ressemblaient à deux balles de ping-pong qui s'entrechoquaient. Ses vêtements, déchirés et poussiéreux, dégageaient une forte odeur de moisi. Il s'exprimait, bégayant, à une terrifiante allure ; les mots prenaient dans sa bouche une sorte d'élan, puis, à l'instant de sortir, semblaient jouer du coude les uns avec les autres, s'empêchant mutuellement d'éclore. Par la vitre (je me suis toujours arrangé pour me placer près des fenêtres), j'observais les buissons de chèvrefeuille et d'aubépine. Les punaises, noires et striées de bandes rouges, piquaient les marjolaines.

Un marronnier flétri, qu'on dut abattre l'année suivante, ombrageait un bon tiers de la salle ; je me concentrais sur ses fruits ronds, qu'à la récréation, quand nous étions exceptionnellement autorisés à nous rendre dans ce jardin de Lilliput, je réduisais en farine. Nous cultivions là des oignons aux écailles charnues ; les mêmes que ceux qui, à Babylone, dansaient en pétillant sur les braises sacrées des tripodes. Croissaient aussi ces plantes, hostiles et brouillonnes, dont la tige grimpait et le nom fascinait : le chiendent, rampant, pernicieux, vicieux, convoquait la hargne et les crocs d'un cerbère – la nature, à travers lui, entendait garder les humains à distance, capable d'une violence qui lui était propre. Le chiendent mordait le décor ; ses surgeons allongés, sous la terre au centre de laquelle dormait Jules Verne, propageaient des mâchoires spéciales, prêtes à dévorer le grand mur Troisième République pour nous atteindre et nous défigurer.

La mandragore, dont l'appellation abritait des dragons surgis des ténèbres, aux feuilles vertes comme une mer grecque, aux fleurs couleur de groseille écrasée, exhibait des racines obèses. Quelques contes, qui perturbaient mon sommeil et me forçaient à dormir sous une montagne de peluches, associaient cette solanacée aux sorcières les plus teigneuses, auprès desquelles certainement Dussutour, Emmanuel, se fournissait nuitamment en poux : au cœur de mes cauchemars, ce bigleux condisciple, pour inoffensif qu'il parût dans sa panoplie de petit écolier bafouilleur, entretenait des relations diplomatiques souterraines avec ces mégères aux mains tordues et tavelées, au nez saillant et verruqueux, aux chicots semblables à des épines de ronce, qui sillonnaient le ciel d'Orléans à l'heure où la lune perce un trou doré dans la matière noire.

Des outils gisaient dans le jardinet, bravant la neige, la canicule et la pluie : un transplantoir, idiot dans son inutilité, dans sa latence, et qui attendait en vain pour les siècles annoncés que la main de l'homme, qu'il s'offrait de prolonger, eût à prélever un misérable plant en motte. Une fourche à fleurs, tout aussi béate, tout aussi jonchée, tout aussi couchée, tout aussi oubliée, jumelle du trident, fournissait à l'imagination des scènes sous-marines où s'ébrouaient sous les yeux du capitaine Nemo des tritons musculeux recouverts d'algues glauques et qui, armés de cet ustensile dont la prime vocation était d'ameublir la terre, repoussaient des armées d'amphipodes et d'argonautes.

Ces instruments ne servaient qu'aux rêves ; impuissants, ils voyaient leur disponibilité s'effilocher aux vents. Ils se sentaient méprisés quand nous ne nous en servions pas ; nous n'y avions au demeurant presque jamais recours. Ils semblaient perdus dans la nuit de leur vacance, comme frappés d'une infâmante gratuité. Le tire-racine, ridicule, pointait sa lame étroite, conçue pour extraire les mauvaises herbes (qui se gaussaient de sa paralysie), dans une direction qui ne signifiait rien. Un gant de jardinage, gondolé et dépareillé, plongé dans l'insondable éternité de sa léthargie, attendait, dans le plus grand désespoir, qu'un manchot de passage, à la main orpheline mais verte, vînt lui rendre sa dignité. Ce gant avait tort pourtant : délaissé comme objet, il pouvait dès lors revendiquer son pongien statut de chose – libéré de sa fonction, délivré de son abrutissante attribution, dégagé de son essence, la belle absurdité dans laquelle il paraissait agoniser lui conférait une seconde vie, celle d'une destination énigmatique, peut-être esthétique, sûrement féerique, qui réclamerait des mots pour la dire.

Un soir, je vis les lunettes de myope d'Emmanuel Dussutour posées sur un des lavabos des toilettes. Leurs verres, maculés de petits confettis blanchâtres, ne donnaient plus sur le monde ; ils regardaient pour personne et ne voyaient rien. Me lavant les mains (nous avions eu atelier de peinture et déjà je travaillais comme un cochon) m'apparut par la grande vitre du préau, posée sur le soir orangé, la silhouette de mon camarade dans sa blouse trop grande que la brise faisait danser comme la flamme d'un cierge. Sa mère était venue le chercher. Le lendemain, il ne revint pas en classe. Nous demandâmes à l'institutrice ce qui s'était passé ; elle essuya une larme qui la rendit plus veuve encore, puis lâcha, énigmatique, cette phrase qui frappe encore mes tempes : « Je vous expliquerai un jour. Pas maintenant. »

Dussutour et ses poux avaient pris leur envol vers l'oubli ; son absence me chagrina. Je l'imaginai mort, planant dans le bleu cobalt d'un ciel de *putti* dodus, ou en un paradis plus sévère, comme celui de Fra Angelico dans lesquel les anges, irradiés d'une lumière pâle, semblent plus administratifs et plus rigides. Quand je pénétrais dans une église, je cherchais son nom sous les voûtes, et l'odeur de l'encens venait se confondre avec celle de son vinaigre.

J'étais fou : pourquoi un camarade qu'on avait banalement changé d'établissement, pour des raisons qui n'appartenaient qu'à la logique des adultes, serait-il décédé ? Emmanuel Dussutour avait quitté l'école ; il n'avait pas quitté la vie. Je passai à autre chose. Seule l'odeur du vinaigre, de temps en temps, me rappelait qu'il avait été un voisin de pupitre s'emmêlant dans ses pensées et bousculant les mots. Quand vint l'hiver, je l'avais oublié.

Treize ans plus tard, je me rendis, à l'occasion de l'enterrement du père d'un taupin de ma promotion, au « nouveau » cimetière d'Orléans. Le temps était à la pluie. Une odeur âcre s'échappait des tombes où des mousses poussaient. La nature était mouillée d'automne ; les croix de pierre perlaient. Pendant l'oraison, encapuchonné dans mon K-way, je regardai machinalement une petite tombe sur laquelle pourrissait un bouquet de glaïeuls détrempé et où souriait, neutre, détaché, imperturbable, comme si ce matin bruineux fût transposé sur un morceau de soleil, un ange de plâtre à l'aile fendillée. J'eus la sensation d'être découpé en deux par une hache :

EMMANUEL DUSSUTOUR

1968-1974

À NOTRE FILS ADORÉ
EMPORTÉ PAR LA MALADIE
DANS SA SEPTIÈME ANNÉE

Cours élémentaire première année. – Je n'avais aucune preuve, la nuit, que mes jouets, que mes vêtements, que mes cahiers se trouvaient à la place qu'ils occupaient le jour, quand mes yeux étaient là pour les voir, mes mains pour les toucher. L'idée me vint de me relever en catimini, prenant soin de ne pas perturber le système qui, à mon insu, tandis que les choses me croyaient endormi, s'était installé, et d'appuyer sur l'interrupteur pour surprendre la configuration nocturne. Las ! Chaque fois que j'allumais, les peluches, les livres de contes, les crayons de couleur et les chaussettes résidaient à leur place officielle : celle à laquelle je les avais abandonnés en éteignant. Deux hypothèses : soit les choses n'avaient pas bougé, et prouvaient par là qu'elles appartenaient à un cosmos différent du nôtre, un espace inanimé, sourd, pénétré de toutes les paralysies, un bloc d'univers immuable et arrêté, une galaxie de béton ; soit elles se déplaçaient plus vite que la lumière, se rangeant instantanément (ayant retenu les coordonnées de leur situation) à la place qu'elles voulaient me faire croire qu'elles ne quittaient jamais sans stimulus humain.

Un rai de lumière, issu du couloir et qui passait, s'aplatissant comme un tissu jaune d'or, sous la porte de ma chambre, permettait de reconnaître les jouets dans une pénombre où les reliefs s'accentuaient, conférant aux objets familiers un revêtement inquiétant : ces amis, dont la fonction consistait d'abord à me rassurer, devenaient, recouverts de ces rayons qui les sortaient de la nuit pour les plonger dans un jour abîmé et malade, des créatures impitoyables et mutiques, chargées de regards noirs, auprès desquelles la moindre pitié semblait illusoire. Mes éléphants, mes ours étaient prêts, dans cette obscurité intermédiaire où ils se tenaient sourds et droits, à me livrer aux parents. Dans la pénombre bleutée, où ils gisaient sur le sol d'un océan, ils présentaient une perfection sans appel ; les reflets qui surlignaient leurs formes, ainsi qu'une neige fraîchement déposée, imitaient leur allure divine en lui vouant davantage de réalité. Le jour, les choses sont bouillonnantes, inachevées, chaotiques ; la nuit, parachevées par le silence et pénétrées par les étoiles, elles sont installées dans leur exacte définition, elles ne débordent point d'elles-mêmes. Leur fixité les dit.

Les choses, qui se tortillaient, sortaient de leurs gonds – et que nous finissions par croire vivantes sous prétexte que nous les triturions, les animions –, les choses, baroques et joueuses, déambulantes et remuantes, simulent toute la journée pour nous complaire ; mais leur véritable nature est nocturne, quand leur nouba cesse, qu'elles sont livrées à l'ankylose, qu'elles coïncident, toute magie dissipée, avec leur essence muette, rigoureuse, butée.

Dégoûté par leur cynisme, fâché de leur hypocrisie (je n'avais pas encore découvert Ponge, qui sut comme je l'ai dit les réhabiliter dans mon cœur), je les abandonnai au profit de la lecture ; je devins dès lors le plus grand tourneur de pages de ma classe. Hélas, la classe de Mme Foucault – une femme mouchetée de taches de rousseur, aux mollets ronds achevant leur course courte dans des mocassins à boucle lustrés (je me souviens aussi de ses jupes droites nanties de quilles et, à l'approche des bourgeons, de ses robes Empire semblables à celles que portait Joséphine, qui rappelaient les tuniques de la Grèce antique) – contenait un élément que dès la rentrée des classes j'avais pris en grippe : le fils de Mme Foucault lui-même, Daniel, un rouquin retors, premier en tout, qui s'apprêtait à me confisquer mes succès, mes gloires, dans l'exercice de la langue française (écrite et lue).

J'avais déjà croisé des fayots, des cafards, des « rapporteurs », mais Daniel Foucault avait une particularité : il fayotait, il cafardait, il rapportait auprès de sa mère. Il levait la main pour répondre aux questions de celle qui l'élevait et lui corrigeait des devoirs qu'elle avait elle-même commandés. En sus de tout cela, ce rouquin à la bouille rosie, court sur pattes et rond d'abdomen, mentait comme un arracheur de dents ; je décidai pour calmer ses prétentions de le rosser dans un coin de la cour autrefois réservée à l'infirmerie, qui avait déménagé. Prétextant un secret à lui révéler sur d'étranges pulsions amoureuses se tramant, à l'insu de toutes les sagacités, entre Nathalie Demoray et Éric Degros (je savais que Foucault en pinçait pour la fillette), je l'attirai dans mon guet-apens ; un éclair de chaleur se propagea sur sa joue droite : je l'avais giflé de toute mon âme, imitant à la perfection la gestuelle paternelle. Puis une palette de coups de poing s'abattit sur son occiput. Je le vis s'affaisser sur le parterre granuleux, tandis que vacillait son univers : il ne connaissait rien aux tonnerres de la guerre, à la moisson des coups. Il avait vécu jusque-là dans le coton des enfances préservées, insouciant du réel, préservé des brutalités. L'humanité, par ce qu'elle avait de pire à offrir, c'est-à-dire moi, s'était invitée dans son existence naïve, le laissant, hébété pour toujours et se tortillant comme un vermisseau sur le bitume froid, faire connaissance avec le réel.

J'attendis ma sanction immédiate ; le scélérat ne manquerait pas d'aller plonger son nez dans le tissu de sa mère, beuglant comme mille veaux condamnés, désignant de son index collaborationniste la direction de son bourreau. Contre toute attente, il n'en fut rien. Daniel Foucault, défiguré par mes foudres, respirant du sang, secoué de toux et perclus de larmes, accusa (me sauvant définitivement la mise) une brute imaginaire, surgie de nulle part mais issue de la rue qui, suite à une moquerie, avait enjambé la grille pour se faire justice. Mme Foucault, qui d'abord ne le crut pas, demanda que le coupable se livrât ; elle promit que cela se réglerait dans la seule enceinte de l'école et qu'une discussion viendrait remplacer la punition. Personne ne bougea ; le sang frappait mes tempes tandis qu'une lourde sueur trempait ma nuque. Par chance, ayant commis mon méfait dans l'espace isolé que j'ai dit, aucun témoin n'avait assisté à l'administration de la dérouillée faramineuse. Je sentis se poser sur moi le regard de Foucault fils. Brièvement, je me tournai vers lui, pour aussitôt baisser les yeux. J'avais honte ; Daniel Foucault, comme les objets que nous croyons connaître se révèlent à nous des étrangers à la tombée du soir, s'était métamorphosé. Il était livré, là, à sa véritable nature, celle d'un être honnête et courageux. Ce fayot n'était pas un délateur ; j'eus envie de traverser la classe pour lui offrir les deux biscuits – hélas écrasés – qui croupissaient dans mon cartable. À la sortie, je filai chez moi à grande vitesse, sali par la situation ; je demandai au vent qu'il me nettoyât des immondices qui me recouvraient.

Je dormis mal cette nuit-là. Je cherchai dans ma chambre, parmi mes jouets, quelque cadeau que j'eusse pu offrir à ma victime de la veille. Mais, inflexibles dans leur nocturne uniforme, les choses repoussaient cette option, toujours chargées de leur méchanceté latente ; je ne voulais pas aggraver ma faute en livrant à Foucault quelque talisman maléfique qui l'eût fait périr dans d'indescriptibles souffrances. Je me demandai si je n'allais pas lui offrir un poussin ; on en trouvait au marché, qui piaillaient, s'ébrouaient, affichant sur leur bec un rictus en contradiction avec leur calvaire. Les poussins et les dauphins présentent, telle est leur malédiction, la particularité d'arborer sur leur faciès ce qu'une illusion, un réflexe anthropocentrique, nous fait prendre pour un sourire. Cela est supposé leur conférer « quelque chose d'humain ». Mais dans le règne animal le sourire n'existe pas ; non plus que l'ambition, l'esprit de sérieux, l'humour – ou l'avenir.

J'arrivai à l'école sans savoir quelle attitude afficher. Je me précipitai, avant qu'on ne nous fît nous mettre en rang devant le petit perron de ciment collé à la salle de classe, vers mon supplicié. Un peu cabot, je lui tendis la main en lui déclarant, chuchotant, que je rêvais de devenir son meilleur ami ; l'air désabusé, le regard humide et empli de tristesse, il me serra la main, hochant la tête pour entériner ma proposition. Je voyais bien qu'il n'était pas dupe ; j'avais ébranlé quelque chose au plus profond de son être – je sentis une effroyable souffrance sourdre de cette poignée de main. Ma proposition était mal ajustée à la situation.

Dès lors, l'année scolaire se fendit en deux parties : d'un côté, mes camarades ; de l'autre, Foucault, seul à seul avec la raclée. Un Foucault dont l'être n'ouvrait plus les volets ; un Foucault dans lequel la lumière ne semblait plus pénétrer. J'avais éteint Foucault. Il était devenu aussi maussade qu'un ciel d'hiver dans une flaque d'eau. Il ne sortait plus d'une sorte de rectangle de tristesse. Je n'osai plus lui adresser la parole. Au milieu du soleil jaune pâle d'une matinée de juin, je l'avais aperçu plaqué contre la gouttière du préau, les yeux bordés de larmes. Il portait une casquette d'où ses cheveux orange jaillissaient comme de la paille. Son visage me parut translucide. Un pigeon, dans un puissant bruissement d'ailes, se posa sur la corniche, juste au-dessus de lui ; Foucault fit un geste brusque qui fit déguerpir le volatile. Je décidai d'aller le voir. J'aperçus un coulis de sang serpenter sur sa main ; Foucault était en train de s'enfoncer la pointe d'une épingle à nourrice dans une veine. Paniqué, je le suppliai d'arrêter et courus vers l'institutrice, sa mère, pour l'avertir ; j'allais, autrement dit, dénoncer Foucault. Tandis qu'on s'occupait de lui, au loin (un attroupement s'était formé dans son périmètre), je fouillai dans son pupitre, instinctivement, pour y chercher de quoi expliquer son comportement. Je ne trouvai qu'un autocollant délavé « Bol d'Or 1975 » et un taille-crayon enseveli sous les pelures. L'année suivante, Daniel Foucault ne revint pas. Coincé à l'heure où j'écris ces lignes entre deux pages de Jules Supervielle, l'autocollant me sert de marque-page. Depuis quarante-trois ans.

Cours élémentaire deuxième année. – Je commençai cette année-là ma carrière de graphomane. De tout, je faisais texte. Je rapportai chaque épisode de ma vie pour le transformer en chimère. C'était un carnaval de mots. Dans de petits cahiers souples – ils portaient le nom d'Héraclès – aux pages numérotées par mes soins, je mettais sur pied, dans la répugnance de la rature, des mondes sans géniteurs. Le réel ne représentait pas d'intérêt, farci d'habitudes engoncées, de tracas permanents, de ternes réflexes. Les gens du quotidien, la figure vitreuse, semblaient loger dans une eau stagnante et marronnasse, impuissants à devenir autre chose que le jouet recommencé de leurs manies.

Il fallait changer d'air, s'envoler vers des cieux plus dissipés où tout serait enfin élargi, lumineux, exagéré. J'avais créé deux personnages fabuleux, inspirés de camarades. Le premier était un Sherlock Holmes bavarois, intitulé Hans Blümer, ainsi baptisé parce que m'avaient émerveillé ces deux mystérieux points germaniques suspendus au-dessus de la lettre *u*, comme en apesanteur, que la langue française ne s'offrait qu'au-dessus du *i*. Hans Blümer, d'une remarquable sagacité, était calqué sur Sébastien Quéval, cancre notoire, mais d'une vivacité à toute épreuve. Je lui avais flanqué un assistant gauche et sot, aussi potelé qu'engourdi, qui répondait au nom de Kornichon, avec un *k* – le *k* me paraissait à lui seul résumer l'Allemagne. Kornichon avait pour modèle le meilleur ami de Quéval, Thierry Sergent ; ils allaient, tels Laurel et Hardy, toujours par deux. Inséparables aux récréations, au pupitre, au coin, sur la route de l'école, sur le chemin de la maison.

Quéval exhibait souvent un genou égratigné, croûteux ; sa tignasse, abondante et sale, tirait sur le jaune. On l'eût dit coloriée par l'un de ces feutres que nous extirpions d'une grande boîte métallique. Quéval était affublé, hiver comme été, de knickers et de gros souliers prolongés de chaussettes en laine bleu marine. Ses parents appartenaient à la « grande bourgeoisie orléanaise » ; il vivait, rue Xaintrailles, dans une maison cossue où se trouvaient les cabinets respectifs de son père, psychiatre, et de sa mère, orthophoniste. Nous l'enviions, informés qu'il bénéficiait de goûters faramineux que la cuisinière de la famille lui préparait après la fin des cours.

Sergent, plus rural, était accoutré comme un fermier ; il tachait ses chemises à carreaux. Ses mains étaient graisseuses. Son père l'élevait seul dans une sorte de grange que nul n'avait jamais pu pénétrer et où s'entassaient, disait-on, des moteurs de voitures. Il parlait souvent de désert ; il rêvait de s'en aller chez les Bédouins, cuire sur le sable blanc. Son chien Hector, un teckel aveugle, mourut en cours d'année, ce qui l'avait plongé pendant plusieurs semaines dans une détresse abyssale.

Dans mes pages, Quéval et Sergent, alias Blümer et Kornichon, résolvaient des énigmes parmi lesquelles je m'égarais moi-même ; des crimes étaient commis dans des masures, des cadavres bleus retrouvés, les lèvres froides, dans l'herbe humide ou la terre labourée. Lors d'une enquête particulièrement ardue à résoudre, et qui par conséquent ne fut jamais résolue, Blümer avait dû se faire enterrer vivant pour approcher un suspect s'étant lui-même fait passer pour mort. Je me souviens d'un épisode, intitulé *La fin du monde est là*, où les deux compères avaient procédé à l'arrestation d'un girafon ; un meurtre, dans *La Lagune au crépuscule*, avait été commis à Venise par un personnage échappé d'un tableau du Tintoret ; le coupable mit du temps à être identifié, dans *Le ciel était rouge brique*, car après chacun de ses crimes il se déguisait ingénieusement en ruisseau ; dans *Le génie s'évanouit*, les avatars de Quéval et Sergent avaient permis l'arrestation d'une aveugle se faisant passer pour sourde et muette ; *La bouche remue un peu* racontait l'histoire d'un assassin incapable de mentir et que tout le monde, de ce fait, prenait pour un affabulateur ; *L'Amour des cheveux* suivait les tribulations d'un fétichiste qui scalpait ses victimes pour se venger de sa calvitie.

Ces deux-là m'inspiraient infiniment ; ils ignoraient tout de ma prose, inconscients que leurs misérables mésaventures quotidiennes se prolongeaient, sous une forme merveilleuse, embellie, définitive, dans les cahiers d'un fou. Je les observais ; je notais leurs manies. Je restituais leurs tics. Très vite, il m'apparut que Quéval et Sergent n'étaient plus que des excroissances, des prolongements de Blümer et Kornichon ; que les plus réels, les plus vrais n'étaient pas les petits Orléanais que je côtoyais, mais les protagonistes bavarois que j'animais. Je devins vite obsédé par mon œuvre ; comme Zola, dont j'ignorais jusqu'à l'existence, je ne passais pas une journée sans écrire – pendant les récréations, je me privais de réjouissances, d'air frais, et restais rivé à mon pupitre, sérieux, concentré, écrivain ; je narrais l'épopée de ces deux créatures façonnées par mon génie déréglé.

Un lundi soir de ciel sale, tandis que menaçait l'averse, je décidai, rentrant chez moi, de suivre mes deux héros qui descendaient le faubourg Saint-Jean. Je ne voulais rien rater de leur gestuelle, de leurs trajets, de leurs secrets. J'avais capté, dérobé cette part de leur âme qui appartenait aux murs de l'école : il s'agissait de prolonger mes investigations en dehors. Peut-être allaient-ils m'étonner, me proposant, à leur corps défendant, des intrigues nouvelles, des scénarios inattendus.

Je ressentis une sorte de trac en les épiant ; à force de les inventer, de les créer, de les rendre légendaires et mythiques, j'avais fini par me laisser impressionner par eux, un peu comme si j'eusse rencontré le « vrai » Tarzan ou les « vrais » Pieds-Nickelés. Ils étaient devenus en quelque sorte célèbres. Cette gloire avait beau ne pas dépasser le dérisoire cosmos de mes marges, elle existait ; Quéval et Sergent incarnaient, comme Don Quichotte et Sancho Pança, le capitaine Nemo et Ned Land, des personnages de la littérature mondiale.

La « littérature » n'était alors pas, à mes yeux, ce qui était publié, mais ce qui était écrit : il y avait parfaite égalité entre mes cahiers de brouillon et une édition originale de *La Chartreuse de Parme*. Il me semblait qu'écrire suffisait, non pas seulement à se sentir, mais à se prétendre écrivain ; l'adoubement ne pouvait point venir des autres, de l'extérieur, des adultes, de Jules Verne, mais de soi-même. Constatant que je traçais des lignes, que je construisais des phrases, que j'échafaudais des intrigues, j'en concluais que j'étais écrivain ; j'ai conservé cette vision des choses.

Quéval et Sergent, devant moi, s'amusèrent à « jouer au loup ». Ils devaient se toucher et se retoucher, selon la règle, assez basique, de ce jeu ancestral où le simple contact de la main sur le corps du voisin suffit à le contaminer jusqu'à ce qu'il vous contamine à son tour. Lorsque le nombre des participants est supérieur à deux, interdiction est généralement faite de, selon l'expression consacrée, « retoucher son père » ; mais Blümer et Kornichon n'étaient que deux, et pouvaient allègrement se recontaminer *ad libitum*. C'est avec une élasticité étonnante que Quéval, presque chaque fois, parvenait à esquiver la main, plus pataude, de Sergent, que le jeu essoufflait et qui suait à grosses gouttes brûlantes. Ils riaient, couraient, s'insultaient, se frôlaient, zigzaguaient entre les passants, heurtant çà et là un grabataire, évitant de justesse un landau, faisant choir un cabas.

J'eusse donné des fortunes pour rejoindre mes personnages et me mêler à leur jeu. Mais je ne me sentais pas autorisé à entrer dans leur danse, à troubler leur écosystème, à perturber la belle harmonie de leur duo. J'eusse tout gâché de leur histoire et de mes histoires ; on ne s'insinue pas chez Rouletabille. Ils appartenaient à une dimension différente, incompatible avec la nôtre, où les lois de la physique elles-mêmes différaient de celles de l'univers commun ; aussi, leur inaccessible ailleurs était-il impénétrable pour les humains qui n'étaient pas eux. Ou peut-être eût-il fallu que, par la magie de ma plume, j'eusse osé me propulser par écrit dans leurs aventures, que je fisse d'abord leur connaissance au cœur de mes fictions, c'est-à-dire de leurs enquêtes, puis que je prolongeasse cette proximité, cette familiarité, cette amitié à l'extérieur de mon imagination, dans les rues d'Orléans.

Soudain je vis Sergent qui, pour échapper à la main agile de Quéval, déborda du trottoir et courut sur la chaussée, concentré sur le jeu, tout à son souci de ne pas devenir le « loup » ; Quéval, aimanté par la course de son compère, comme greffé à elle, obsédé par son inadmissible statut de loup, dont il lui fallait se défaire en urgence et à tout prix, colla Sergent au plus près. Un véhicule surgit ; je vis le duo, comme deux santons, planer dans le ciel roussi ; ils m'apparurent au ralenti, démantibulés comme de petits macaques, tournoyant doucement, gentiment, presque gaiement ; tout paraissait si lent que je parie qu'ils tournoient encore dans le ciel de cette journée, qu'ils ne s'arracheront jamais à ce mouvement circulaire, comme cloués à la nuit orange, pivotant sur elle, arrêtant le temps qui plus jamais ne s'écoulerait.

Des nuages effilés servaient de décor à leur danse ; « Blümer » et « Kornichon » semblaient voler si haut qu'ils dépassaient les arbres, les toits, peut-être la lune. Puis ils redescendirent du ciel, et leurs corps, frappant le bitume, firent un bruit de tapis qu'on bat. Dans les nuages, plus rien : on avait tiré un rideau sur leur vol plané. Ils gisaient désormais immobiles sur le sol ; un marchand de fruits et légumes se précipita vers eux, en même temps que le conducteur de l'engin qui venait de les percuter.

Dans *C'était hier*, écrit le lendemain même, Blümer et Kornichon étaient passés sous un train ; puis, doucement, ils étaient revenus à la vie : on avait besoin d'eux pour résoudre une enquête sur Mars. Un sucre doté de vertus magiques les avait ressuscités. Quéval et Sergent, eux aussi, étaient morts pour de faux. Ils ne souffrirent que de quelques contusions ; Quéval eut un bras dans le plâtre pendant deux mois. Je pus, en attendant qu'il en recouvrât l'usage, jouer au loup avec Sergent. Nous formâmes un inséparable trio dont jamais, dans aucun cahier, nul ne narra les frasques.

Cours moyen première année. – Les jours, même cendreux, paraissaient heureux aperçus depuis la salle de classe ; ils recouvraient les vitres de leur douce salive, imprégnés d'avenir : nous savions, nous enfants, que nous n'étions pas près de mourir. Peut-être étions-nous immortels.

La présence des autres, dans une salle de classe, permet l'infini confort de la solitude : j'étais seul, mais entouré ; je me frottais au groupe comme un matou se frotte aux hommes (j'avais d'ailleurs la sensation, en ce lieu, d'habiter dans un chat). Je pouvais mentalement m'isoler pour vivre ailleurs et autre chose ; je pouvais gribouiller des signes, m'essayer à la poésie, découvrir, en plissant les yeux jusqu'à ce que mes camarades se transforment en statues agitées, des continents aberrants. Mes pensées envahissaient peu à peu l'espace ; je devenais le personnage principal dans ce paysage où les êtres confectionnaient mon décor. J'étais essentiel et les autres secondaires, propices à la seule révélation de ma félicité.

J'en pinçais pour Natacha Sprat ; je n'eusse jamais osé lui parler seul à seul, mais en groupe je faisais tout pour qu'elle me remarquât. Je bombais le torse à son approche ; sa présence perforait la texture des choses. J'agissais en exagérant les situations ; à la balle au prisonnier, au jeu du mouchoir, à « un deux trois soleil », j'étais celui qui prenait les décisions, qui régissait les rythmes, qui modifiait (souvent outrageusement) les règles. Je voulais que, par ces manifestations de ma superbe, par ces preuves multipliées de mon importance, un ange translucide à l'auréole tremblante vînt lui susurrer à l'oreille le grand secret qui la concernait.

Sur le chemin de la maison, la nuit dans mon lit, à la cantine le midi, au patronage le mercredi (jouant au football dans la boue sous les marronniers hideux), je sentais Natacha frémir en moi ; la vie ne serait plus jamais ma vie, mais ma vie augmentée de la sienne. J'avais le sentiment de découvrir la mer ou la neige pour la première fois – avec mes amoureuses précédentes, je n'avais rien perdu, tandis que maintenant je perdais l'appétit, le nord, la sensation de l'ennui ; la tristesse elle-même ne voulait plus de moi. Sous les coups de ceinture de mon père, au milieu des menaces de mort de ma mère, mon bonheur ne bougeait pas ; il était fixe comme un cœur greffé.

Natacha, je le savais, avait des sentiments pour moi ; j'agissais comme si je ne me fusse aperçu de rien. Je n'aimais rien tant – cela n'a guère changé – que cette période, plus ou moins brève, qu'il s'agit de savoir faire durer sans prendre le risque de l'étirer trop, où nous faisons mine de mépriser ce à quoi nous pensons jour et nuit ; nous plaçons en situation d'attente, de désir, un cœur que nous nous savons acquis, un amour dont tous les signes montrent qu'il nous est agrégé. Savamment, nous jouons avec sa patience, nous éprouvons ses nerfs, nous écartons, pour boire plus tard et d'une traite, l'imminence de son évidente réalité. Par jeu, nous reléguons l'adoubement à une date ultérieure – car cette zone où rien n'est fait mais où tout est dit propose des palpitations basées sur un suspense artificiel : vainqueur de tous côtés, les sentiments de la petite amoureuse à notre égard ne sont plus dans la paume de notre main qu'une bille de porcelaine avec laquelle, non par cruauté mais pour accroître la joie de l'accomplissement, nous nous amusons encore un peu. Quelque accident viendrait interrompre ce fil invisible entre ces deux symétriques palpitations, que l'un des deux tourtereaux, pris de panique, délivrerait d'un coup d'un seul (gaspillant des jours, parfois des semaines, de capitalisation, de rétention d'élans) toutes les réserves de passion qu'il avait accumulées.

Natacha avait des origines lettonnes ; j'imaginais, je ne sais pourquoi, la Lettonie comme un pays à deux dimensions. Les Lettons m'apparaissaient plats comme des pièces de puzzle ; ils ne marchaient pas, mais glissaient. Gide, selon mes investigations, ne semblait point s'y être rendu ; il devait par conséquent y faire un froid effroyable. J'avais bien saisi qu'« André » était un homme de soleil et de chaleur, de douce pénombre et de source fraîche – l'hiver n'était pas gidien.

La mère de Natacha, une géante blonde à nattes, toujours couverte pour partir en expédition, éternuait sans arrêt et souriait démesurément ; son père, d'une taille ridicule comparée à celle de sa femme, faisait profession de géologue. Il était venu nous faire un exposé, délivrant sur l'estrade, après nous avoir montré des diapositives de roches, de feldspath orthose, de granit, de calcaire et de marbre, une phrase que je ne devais jamais oublier : « Je n'étudie pas les pierres à travers le temps. J'étudie le temps à travers les pierres. » C'est la plus belle définition qui soit, sans doute, pour rendre le métier d'écrivain (si écrire n'est pas une profession, c'est un métier) : je n'étudie pas les êtres à travers le temps ; j'étudie le temps à travers les êtres.

L'histoire, vue par les romanciers, n'est pas un tapis de dates, déroulé, sur lequel se situent des batailles, des événements, des existences, des destructions, des naissances, des inventions ou des conquêtes : elle est la façon dont le temps transperce les hommes, qui ne sont que le tissu du motif et non plus la trame ; c'est le temps qui va d'homme en homme, et non l'homme qui va d'époque en époque. Le temps se diffracte là, il se déforme ici, s'enroule sur lui-même, ralentit, accélère soudain, devient ligne droite, ou spirale, s'éteint, disparaît, revient, s'agite : ce qu'on nomme l'histoire est l'aventure de ces mouvements, de ces circonvolutions, de ces volutes. Nous ne traversons pas le temps ; c'est le temps qui nous traverse.

Ces explorations insistantes de ma mémoire, situées dans une petite salle de classe, sont le visage du temps quand nous avions sept ans, huit ans. L'enfant que j'étais n'a pas grandi – il a été criblé par le temps, travaillé par lui, visité, fouillé par son muscle et piqué par sa flèche. Nous appelons « date » un coup d'épée dans l'être ; cette épée c'est le temps. Natacha m'embrassa derrière une statuette de bronze installée dans la cour ; personne ne nous vit. Ce baiser, mon tout premier, je compris instantanément qu'il était aussi, qu'il était hélas d'abord (sans doute s'agit-il là de la définition d'un « tempérament mélancolique ») mon dernier premier baiser. Dans ce qui naissait, quelque chose mourait. J'éprouvai au milieu de la plénitude une sensation de solitude. Je n'étais plus seul parmi les autres, mais seul parmi elle. La conclusion se voyait contenue dans l'introduction. La fin ne se situait pas après le commencement, mais dedans. Je saisis, avec une terrifiante netteté, que les adultes, lorsqu'ils évoquaient la mort, la confondaient avec le décès. Or, la mort, c'était la possibilité permanente du décès ; la mort nous regardait toute la journée droit dans les yeux, dès l'enfance, pour ne plus jamais nous lâcher, nous accompagnant sans cesse et partout. La mort n'était pas seulement parallèle à la vie, jumelle obscure de la vie, sa figure noire et inversée, avatar malade et méchant de l'existence : elle était la vie elle-même.

Un baptême eut lieu quelques jours après ce premier dernier baiser, ce baiser de vie et de mort mélangées ; les cierges qui brûlaient exprimaient à la perfection ce que j'avais compris – l'instant d'un frisson dissimulé par le bronze – de notre condition : nous nous consumons pour être. Nous ne pouvons savoir, tandis que nous courons, aimons, nageons, rions, jouons, étudions, si nous sommes d'abord en train de vivre ou plutôt en train de mourir. Celui qui pense que la mort est le personnage dont la vie est le décor s'appelle un pessimiste ; celui qui pense que la vie est le protagoniste dont la mort est le paysage se nomme un optimiste.

Dans les couloirs, sagement alignés, je prenais furtivement la main de Natacha dans ma main, jusqu'à ce qu'elle déménageât. Je lui écrivis quelques poèmes, qui furent mes tout premiers, c'est-à-dire mes tout derniers premiers, à parler d'amour ; jamais je ne reçus la moindre réponse. J'étais désespéré. Tout ce que j'entendais, voyais, lisais ne faisait que renforcer ma tristesse – toute l'humanité était parvenue à se loger dans une alvéole pour être plus ou moins heureuse ; j'en étais exclu. Je vivais en dehors de l'amour. J'étais déraciné. Je sombrais. Tout me parlait de Natacha, qui n'en parlait précisément jamais. J'eus la grippe – je ne savais pas encore qu'elle était la maladie péguyste par excellence. Je me tordais dans mon lit, de délire et de sueur. Je voulais revoir mon amoureuse.

Je commençai, vacillant, le front brûlant, de tracer quelques lignes sur un de mes célèbres cahiers de brouillon. J'avais décidé d'écrire la biographie de Natacha Sprat comme s'il se fût agi de Jeanne d'Arc, de Charlotte Corday, de sainte Thérèse de Lisieux (les trois seules femmes célèbres que je connaissais). Sur la première page, j'inscrivis : « Chapitre I. Naissance ». Je cherchai l'inspiration ; elle ne vint pas. Je refermai le cahier. Je me remis au lit, sentant des larmes couler sur mon visage. J'étais en nage dans mon pyjama sur lequel était représenté, en deux dimensions, le système solaire, avec ses planètes lettonnes. J'éprouvais mon dernier premier chagrin d'amour. Je désespère cette nuit, plus de quarante années plus tard, de connaître, enfin, qui sait, mon premier dernier.

Cours moyen deuxième année. – Des hauteurs des tours de la cathédrale d'Orléans, je m'observe, dédoublé : je me vois à sept ans, là-bas, rue Royale, et plus loin, vers l'Évêché, à dix ans ; je tourne vers la rue des Carmes, à douze ans, aux fins d'aller à la Capotière me procurer des bandes dessinées qui ne sont officiellement pas de mon âge.

Et me voici en CM2, me rendant à la patinoire avec ma classe, non loin de la rue de Vauquois. Nous plaisantons dans les rangs avec mes camarades ; aucun de nous, hormis Rémi Bonnaire, ne possède ses propres patins. Rémi Bonnaire a les siens ; qui plus est, des patins de hockey sur glace, quand nous autres sommes contraints, penauds, d'enfiler des patins dits « artistiques », aux lames dentelées, ce qui nous semble humiliant parce que féminin.

Tout est susceptible d'humilier un enfant ; la moindre remarque, la plus petite brutalité, un mouvement d'humeur, un geste violent peuvent s'inscrire à jamais dans sa chair, y gravant le texte de ses folies à venir, dont il sera le monomaniaque interprète et le jouet chevronné. Qui nous dit que la démence ne provient pas d'une humiliation de trop ?

La patinoire du Baron était un grand bâtiment de pierre, terriblement triste, auquel on accédait par un parking qui empestait l'urine. Tout autour, des chantiers promettaient des habitations nouvelles, des blocs de béton modernes où l'on enquillerait les pauvres, les installant les uns au-dessus des autres, jusqu'à l'altitude souhaitée. Les jeunes de la ville se retrouvaient là, le mercredi et le samedi, pour flirter, fumer, faire des tours de mobylette, éventuellement patiner. Le lieu était démocratique ; le prix d'entrée, modique.

Sur la piste, j'étais un cador ; muni de gants de hockey et d'une paire de genouillères, je multipliais les virages canadiens, faisant jaillir des morceaux de glace ainsi que des copeaux. Un disc-jockey passait de la musique entraînante, essentiellement les grands succès du moment. L'idée consistait à se faire remarquer de tous et surtout de toutes : les enfants ignorent que leurs exploits n'intéressent personne. Même leurs parents, qui semblent éblouis, ne sont pas dupes : fiers de leur progéniture, ils savent que leurs prouesses n'en sont point, que ce qui se déroule sous leurs yeux n'a rien d'exceptionnel, que cette frime est banalement répertoriée, que les autres enfants sont capables d'exécuter les mêmes figures, prenant les mêmes risques. Je crânais à perte : persuadé d'être le centre absolu des attentions, à commencer par celles des filles, je me dépensais en sauts de cabri, en patinage arrière, en zigzags exagérés, en fantastiques freinages. J'étais un loulou. Un samedi après-midi, sorti de nulle part comme à son habitude, mon père (j'ai oublié la cause précise de sa colère mais le lecteur s'amusera à dénicher la plus futile de toutes celles qui lui viendront à l'esprit), m'avait poursuivi sur la glace en chaussures de ville pour m'asséner une de ses faramineuses volées. Je ne me laissai point rattraper et, patinant comme un demi-dieu, je l'humiliai tout à fait, le distançant sans fatigue, chaque minuscule élan me propulsant comme un boulet de canon dix, quinze mètres au-delà de moi-même. Il courait mais, devant rectifier incessamment son équilibre, on le voyait empêtré dans une ridicule gestuelle, parfaitement simiesque, de perpétuel ajustement. Une série de moulinets saccadés lui permettait plus ou moins de ne pas immédiatement choir, ce qui arriva pourtant, puisqu'il s'étala de tout son long, de tout son pauvre et misérable long, au beau milieu de la piste.

La voix du disc-jockey, qui officiait en même temps comme animateur, retentit alors, amplifiée par une série d'échos qui empruntaient au Dieu du Sinaï son timbre d'irrémédiable pénétration dans les chairs de l'humanité bée. « Je vois que c'est l'heure d'"Histoires sans paroles"... Musique ! » « Histoires sans paroles » était une émission, plutôt populaire, diffusée le dimanche après-midi et en périodes de fêtes ; elle était consacrée aux films muets burlesques, ces fameux *slapsticks*, dont j'étais déjà fou, où s'illustrèrent Fatty Arbuckle, Buster Keaton, Harold Lloyd et (j'eusse épousé la plupart de ces femmes sur-le-champ) Blanche Sweet, Magda Foy, Mabel Normand. Le générique, composé par Jean Wiener et inspiré de *Chicken Reel*, était une musique primesautière, enfantine, dont les notes tombaient comme une petite pluie rieuse et gentiment moqueuse. Les contorsions de mon père, soudain greffées sur le morceau, semblèrent s'y ajuster ; la mélodie paraissait avoir été composée spécialement pour l'occasion. La ridicule marionnette qui s'agitait sans repère gravitationnel au beau milieu de la masse patineuse étonnée, c'était bel et bien l'homme qui me frappait : perdant d'un coup la superbe de son extravagante autorité, coupé, déconnecté de l'autoproclamée légitimité de ses violences, il me fit penser à Godzilla en train de se noyer. Sa gesticulation de pantin colérique devenait un film de Mack Sennett.

Le disc-jockey, Aurélien Jommet (son nom vient de frapper à la porte de ma mémoire), prit l'excellente initiative de pousser la plaisanterie plus loin encore : « Nous demandons à M. Chaplin de bien vouloir mettre ses patins. À moins que tout le monde n'aille chercher des chaussures ! J'hésite ! » Puis, dans l'hilarité générale, il relança la musiquette. Mon père, ne voulant pas perdre la face, fit mine d'être beau joueur et envoya de larges sourires aux patineurs qu'il bousculait lors de ses saccades. Mais croisant mon regard tandis qu'un patineur confirmé le raccompagnait vers la balustrade, j'aperçus dans ses yeux noirs de charbon la date exacte de mon décès.

L'incident clos, malgré les représailles inimaginables qui m'attendaient, je repris la séance ; avec Cyril Bourges, nous participâmes à la course de vitesse. Aurélien Jommet avait demandé aux patineurs les moins avertis de quitter la piste : pendant trois minutes et quarante secondes, celle-ci serait, sous les yeux de la foule en liesse, strictement réservée aux têtes brûlées, aux âmes de vainqueurs, aux conquérants – bref, aux dieux du stade. Bien que d'un niveau fort correct, je ne possédais pas les compétences, ni les moyens physiologiques, pour espérer rien d'autre qu'un tour d'épate suivi de quinze tours lamentables, essoufflés, où les autres participants, pour qui je constituerais à la fois une gêne et une imposture, me doubleraient comme des bolides dépassent une canche sur l'autoroute. Cela m'importait peu : se trouvait, assise dans les gradins, dégustant une tartine grillée recouverte de beurre demi-sel et de cacao poudreux, l'extraordinaire Virginie Falun.

J'ignorais tout d'elle : plus âgée que moi de deux, trois ans peut-être, je ne la voyais, ne la croisais qu'à la patinoire, tantôt le mercredi, tantôt le samedi. J'avais appris son nom car elle était « connue » : c'était la plus belle et nul, jamais, ne l'avait vue en compagnie du moindre amoureux ; elle était immanquablement flanquée de la sempiternelle même copine, Betty Garat, une disgracieuse adolescente qui, affirmait-on, avait tenté à plusieurs reprises de mettre fin à ses jeunes jours à l'aide d'une lame de rasoir. Certains affirmaient que la lame avait servi pour se cisailler les veines ; d'autres, qu'elle l'avait avalée. Cela suffisait à rendre Betty Garat mythique. Mais la mythologie n'aime rien tant que les déesses, et la déesse était Virginie Falun. L'océan est pourvu de sirènes : la banquise également. Tous, nous en avions la preuve.

Un des meilleurs hockeyeurs d'Orléans, Marc Volkoff, alias « Kof », qui avait remporté la totalité des courses de vitesse depuis l'érection de la patinoire, avait tenté, selon une légende qui se propageait jusque dans les cours de récréation, de lui voler un baiser sur un banc des vestiaires, tandis qu'elle laçait ses patins. Kof, toujours d'après les conteurs, avait été gratifié d'une gifle qu'il portait depuis, jusqu'au tréfonds de son être, comme une irréparable blessure. Enfant de la DDASS, recueilli comme Cyril Bourges à l'Institution Serenne, cet adolescent nerveux, râblé, bagarreur, avec ses airs de bouledogue appuyés par un bec-de-lièvre mal opéré, avait assisté à l'âge de cinq ans au meurtre de sa mère par son beau-père. On apercevait encore dans ses yeux les reflets du couteau de boucher qui avait transpercé le ventre de sa mère, alors enceinte.

Kof faisait peur ; il me terrorisait. Il pouvait rire avec vous, vous promettre son amitié, vous prêter sa mobylette pour « faire une roue arrière », et le lendemain vous flanquer une dérouillée expresse, vous réclamer de l'argent, trouver votre écharpe à son goût. Un matin que je me dépêchais vers l'école, longeant la patinoire qui était son Q.G., il avait exigé que je lui abandonnasse mon cartable, dont il vida le contenu par la grille d'un égout.

À la fin du printemps, baigné dans une lumière claire et bleue, où dansaient au vent de fines lamelles ensoleillées – comme des fleurs qui volent semblant ne s'adresser qu'à la jeunesse du monde –, j'avais, le cœur en joie, achevé une lettre d'amour destinée à Virginie Falun. Nous étions samedi ; j'étais fébrile, mais décidé à monter sur le gradin de son goûter au cacao pour lui remettre ma prose. Betty, que j'avais osé approcher un soir à la fermeture, m'avait affirmé que j'étais « mignon » et que je n'avais rien à perdre, mais qu'il fallait que je remisse la lettre à Virginie en mains propres, car son amie « n'aimait pas les lâches ». Personne dans les gradins ; je cherchai partout. J'ouvris les portes de tous les vestiaires. Celui des moniteurs de hockey était toujours encombré de crosses, de casques, de patins usés : je passai un œil. J'aperçus alors Kof, dans la pénombre, pantalon sur les genoux, embrassant Betty l'avaleuse de lame. Accrochée à ses jambes, agenouillée, Virginie, dont Kof tenait les longs cheveux par le poing, exécutait une danse avec sa tête. Mon cœur battit à tout rompre ; je vacillai. Je sortis, paniqué, trébuchant ; fou de douleur, j'oscillai. Je n'étais plus qu'un automate. J'avais froid. Sur la piste, je chutai à plusieurs reprises. Je patinai en pleurant ; je pleurai en patinant. Je n'eusse pu prononcer un mot. Je cherchai ma lettre dans ma poche – elle n'y était plus. Elle était tombée. Je l'aperçus sur la piste. J'allai la ramasser quand Rémi Bonnaire, sans qu'il le fît exprès, la lacéra. Par les grandes baies vitrées, le jour, couleur de sable, commençait doucement de mourir. Le ciel avait l'air d'un grand mur rose.

Sixième. – Nous avions « EPS », ce jour-là. Emmaillotés de jaune, nous avions traversé la rue et, du collège Dunois, avions regagné avec la classe le terrain de sport. « EPS » n'était qu'un terme générique, un fourre-tout dans lequel venaient se ranger toutes les activités physiques. Je détestais le basket ; ma préférence allait au handball. Mais nous avions basket. J'escaladai le panneau à la manière d'un ouistiti. Je me suspendis au panier pour faire rire la galerie. Le professeur, qui avait oublié une clef, était retourné sur ses pas, laissant pour quelques minutes au délégué de classe, l'enveloppé Pouzillard, Jean-Hervé, le soin de faire régner l'ordre et la discipline. Je ne savais trop que faire ; à cause d'une récente entorse, j'eus peur de lâcher le cerceau de fer et de me laisser tomber sur le bitume. Je demandai de l'aide à mes camarades ; ceux-ci, au lieu que de trouver une solution pour m'arracher à la pesanteur, allèrent arracher de jeunes branches d'un noisetier jouxtant le terrain. Ils me fouettèrent les jambes avec. Étant vêtu d'un short, les cinglements pénétraient ma chair nue. J'entendais les sifflements répétés des cravaches de fortune ; ma peau s'orna bientôt de mille dessins violacés.

Le professeur revenu, on trouva un escabeau de théâtre pour abréger ma souffrance. Je fus seul puni ; aucun de mes condisciples ne se dénonça. Il m'apparut insupportable que, victime intégrale de cette violence collective, je fusse en sus l'unique collé. En entendant mes cris et le claquement frais des verges souples sur mes cuisses, le professeur, fâché, s'était exclamé : « Encore lui ! Nom de Dieu ! » J'obtins à force de pleurs et de supplications agenouillées que mes parents fussent laissés en dehors de cet épisode ; le censeur, sensible à ma requête, accepta de travestir le motif et fit accroire, dans un mot à mes géniteurs, qu'il s'agissait de rattraper des cours de mathématiques qui, pour cause de jours fériés consécutifs en mai prochain, allaient devoir sauter. La supercherie ne fut jamais dévoilée.

Je me rendis seul au collège par ce samedi après-midi de colle. L'air était triste et gris. La cour de récréation, capitale des mouvements et des cris, me parut méconnaissable : privée d'enfants, elle se résumait à un décor de ciment, entouré de houx, et s'abîmait dans un silence de cimetière provincial. Une pluie chargée de deuil tombait ; avec elle, un à un, tous les enfants morts depuis que l'humanité existait. Je pénétrai dans la salle de permanence où un pion avait été requisitionné pour moi ; il ne m'en voulait pas, au contraire : le silence des morts lui permettait de préparer un examen de droit qu'il avait raté deux années de suite. Je m'installai près de la fenêtre, ouvris ma trousse en faisant grincer la fermeture Éclair. La porte de la salle s'ouvrit ; le censeur entra, salua le pion, s'approcha de moi. Il me tendit une feuille blanche sur laquelle était inscrit le programme de ma punition : « Raconter pourquoi je suis un cancre. »

Un instant, cette sentence me fit sourire. Puis, sous le néon de la salle sinistre qui trouait le décor gris, j'éprouvai un malaise : « cancre » ne s'appliquait pas à moi ; certes, je récoltais de terribles notes, j'étais mauvais en mathématiques, indiscipliné, cossard, brouillon et négligé. Je refusais d'apprendre quoi que ce fût par cœur ; je haïssais la grammaire, convaincu que connaître les rouages d'un moteur n'avait point d'influence sur la conduite du véhicule. Mais « cancre » était un mot blessant, à la sonorité proche de « cancrelat ». Sans doute le système scolaire n'était-il pas conçu pour un gidien sauvage, mais si je détestais la matière intitulée « français » avec ses dictées imbéciles, ses récitations ineptes assassineuses de poètes, ses explications fumeuses qui abîmaient les textes, j'étais passionné par la littérature. Je me cramponnais aux livres, incrusté dans leurs intrigues, ami de leurs personnages, secoué par les larmes qu'ils contenaient ; j'habitais dans les romans, où je parvenais à me glisser sans frottement, m'y logeant, m'y lovant à la perfection. Leur monde était le mien ; la seule réalité supportable n'était point celle où il faisait froid, mais celle où le Petit Chose était gelé. La chaleur de mes étés était lourde – elle me donnait moins de suées que celle de Kipling. Je n'insiste pas : ces remarques faisandées fourmillent sous la plume de trop d'écrivains.

Je refusai d'écrire un seul mot sur ma situation de prétendu cancrelat. Le cancrelat, violet dans ses reflets, nanti de son ventre drôle, de son abdomen semi-dur, possédait des antennes tordues, vrillées. Sa chair devait être empoisonnée. Le pion était plongé dans ses révisions ; moi dans mes songes. Je fixais la cour vide. Une morne étendue rectangulaire, frappée de gouttes, privée de sa vie, de sa fonction : extravagante hyperbole de l'enfance enfuie, dissipée, partie loin dans le monde et dans le temps pour grandir, pour vieillir, bientôt se recroqueviller sous une dalle fermée. De temps en temps, le pion, qui ressemblait à un hippie, se raclait la gorge – manie d'adulte. Je commençai de dessiner. Les moulures de la salle exhibaient leur crasse. Un piano défoncé se tenait au fond, abandonné depuis des lustres. Je traçai une ligne bleue : une mer où noyer mon ennui ; m'amusai à inventer des poissons bariolés. Au milieu d'un banc de turbots, j'exécutai un Gide béat, qu'un triton menaçait de son trident. J'achevai la fresque par une série de cancrelats marins (raison pour laquelle je fus recollé la semaine suivante).

Un teckel traversa la cour ; je n'avais jamais vu le moindre animal dans cette enceinte. Lorsque les collégiens sont absents, me dis-je, un monde nouveau se crée ici, indevinable, incongru – un monde qui se détache de lui-même, se raturant, se détraquant, comme le médecin qu'on croise soudain à la piscine, lui qu'on ne désignait qu'à la suprême fixité de son emploi, ou encore le professeur d'histoire-géographie surpris dans les couloirs d'un supermarché, qui trahit outrageusement son essence, et abuse de notre confiance en désertant la salle de classe où nous avions fini candidement par croire qu'il vivait, pour éprouver (ainsi que les gens normaux) les sensations de la vie extérieure.

Le bureau où j'étais installé était griffé d'insignes et de graffitis. Je crus y reconnaître des allusions, identifier quelques prénoms. Mes jambes me cuisaient encore de la dégelée groupée ; je cherchai la raison de tant de haine. Il n'y en avait pas. Tout autre que moi se fût-il suspendu au cerceau d'acier du panier de basket qu'il eût essuyé le même outrage. La meute est une bête.

Une question me taraudait : eussé-je, moi-même, que mes parents immolaient avec la régularité des saisons, participé à telle séance de lacération d'un seul par tous ? Rend-on à l'aveugle, au premier venu, ce que la vie nous a infligé ? Me faudrait-il, quand l'âge d'avoir des enfants viendrait, parvenir à la hauteur de ma tâche de père : m'empêcher moi-même de fouetter mon fils, d'abandonner ma fille la nuit aux mâchoires froides de l'hiver ? Il se pouvait très bien que le petit garçon aux yeux verts, une fois lancé dans le monde irréversible des adultes, administrât à son tour à son propre petit garçon aux mêmes yeux verts les mêmes corrections. C'est soi qu'on continue de frapper quand on a été brutalisé : me propageant dans l'enfant, je me reconnais dans sa figure, je coule dans ses veines – c'est moi, le défenestrant, que j'entends suicider.

Le mieux serait de ne pas bouger, jamais. De s'inscrire dans un inamovible pan du temps, blotti dans un jour sans le moindre lendemain, suspendu à une date fixe, rideaux tirés. L'histoire se terminerait ainsi : mal fagoté, en short, puni dans une salle à néons, désespéré parmi les cancrelats et la vermine, figé dans l'impénétrable résignation de ne pas vieillir d'une seule seconde. Pleurer, chanter, penser, écrire, lire, aimer, mais sans bouger, sans faire un pas dans le temps ; empêcher tout futur de pénétrer ; se traîner dans le même et seul instant pour l'éternité, oublié des chronologies, reclus dans un horaire sempiternellement même. Comme il existe des cabanes, des refuges où nous sommes à la fois à l'abri du danger et protégé des regards, on devrait pouvoir opérer des retraites dans le temps : se carapater non plus dans une vieille ferme, un hameau, un mas, mais dans un instant, un moment, une heure, une journée – alors, plutôt que de vieillir, nous approfondirions. Plutôt que d'étendre notre existence, à la façon d'un élastique, de notre landau à notre pierre tombale, s'arrêter sur une borne du calendrier, sur une configuration de l'horloge, et l'explorer. N'éprouver qu'une seule temporalité, jusqu'à son usure ultime. On ne vit jamais tout à fait l'instant ; on est ailleurs, déjà. Nos journées humaines sont bâclées ; nous les expédions.

J'eusse rêvé, plutôt que de m'en débarrasser en les vivant approximativement, de choisir une poignée d'heures à exploiter, à hanter. Tout ce qui est vécu se désagrège, recouvert d'une étoffe oublieuse, arrogante, ingrate – se rappeler ne suffit pas. Déambuler dans l'avenir ne m'intéressait pas ; je voulais me graver dans une anfractuosité où le temps, circulaire, ne s'écoulerait que pour faire renaître les mêmes aubes, les mêmes soleils et les mêmes pluies. Un temps-livre, en quelque sorte, au sein duquel recommencer *Les Nourritures terrestres* infiniment, et *Paludes* aussi bien. M'abîmer en eux, jusqu'à m'y confondre. Nous sommes en prison dans l'espace, où nous n'habitons jamais qu'un point ; que nous soyons à Java ou à New York, notre habitacle est notre corps. Nous remplissons sans cesse le même volume. Ne pouvait-on pas s'arranger, me dis-je en fixant ce même teckel retraversant la même cour, pour qu'il en fût ainsi avec le temps ? Nous vivons enfermé dans notre corps ; mais l'instant, lui, nous éjecte sans arrêt. L'espace nous accueille ; le temps nous expulse. Le bleu ciel de notre enfance, même saturé de pluie grise et de moche cour vide, est devenu cette gueule informe, ce monde sans mémoire où les petits garçons suspendus d'hier lacèrent à coups de branches de noisetier les petits garçons suspendus d'aujourd'hui.

Cinquième. – Cette salle de classe allumée dans la nuit, c'est un point d'incandescence. L'hiver nous fait accroire que nous avons cours à minuit. La classe est un vaisseau perdu dans les flots noirs ; nous y sommes à l'abri, en équipe, et devant nous se dresse la professeure d'allemand, qu'une lumière hésitante – le néon grésille – nimbe de stries spectrales.

Les années quatre-vingt, flambant neuves, étaient impatientes de se dérouler, débarrassées des oripeaux poseurs de la décennie précédente, empreinte d'excès, de ridicule, de verbiage, de comédie. Aucune révolution n'avait eu lieu ; on se promenait de la même manière dans les rues. La terre ne tremble jamais, la vie continue. Orléans et son collège Dunois persévéraient dans l'enseignement du latin, du grec, de l'allemand, langue où je me montrais lamentable – quelques mois plus tard, j'allais devenir bilingue grâce à un séjour linguistique à Münster, Westphalie, ville jumelée avec la cité johannique.

J'observais mes camarades ; ils étaient studieux et comprenaient (faisaient mine de comprendre) les subtilités, extrêmement nombreuses, terriblement variées, de la grammaire germanique. Ayant pris trop de retard dans les faramineux trésors de la langue de Goethe, je m'occupais comme je le pouvais. Un bubon avait poussé sur l'aile gauche du nez de Mussel. Philippe Lacoste n'avait toujours pas envisagé de se faire opérer de cette verrue monstrueuse qui déformait sa lèvre supérieure et nous empêchait de le regarder en face. Christelle Hartz avait les seins qui poussaient – j'eusse voulu les lécher, ce que par ailleurs je faisais la nuit, en son absence, avant de m'endormir.

Christelle Delonge, sa voisine, provoquait en moi, dans les tripes, une torpeur sourde, lourde ; l'observant, je sentais des picotements se promener sur ma colonne vertébrale. Elle m'apparaissait comme un gouffre noir et infini, plein de toutes les tentations, de tous les vices. Des flots de sang venaient frapper mes tempes ; mes veines gonflaient. Rectifiant ma position sur mon siège, je pressais sournoisement mon sexe et mes testicules contre mes cuisses afin que grimpât, passant par tous les nerfs de mon corps, un courant électrique diffus, prompt à procurer d'heureux fourmillements.

Je visais aussi depuis ma place les chairs enivrantes de Sylvaine Combaud. Je suivais les mouvements de sa nuque blanche avec une attention extrême ; elle laissait entrevoir une bretelle de son soutien-gorge, ce qui ouvrait la porte à des songes humides, gourmands, répétitifs. Nous étions des frustrés ; alors que nous pouvions, théoriquement et légalement, sans le moindre embarras, embrasser ces filles partout, toute la journée, leur caresser les fesses, leur saliver dans la bouche, leur peloter les chairs, leur aspirer les tétons, nous n'en faisions rien. Tout le monde, elles, et nous, les garçons, ne pensions strictement qu'au sexe, de jour comme de nuit. Tous, au fond de nos lits, sous la douche, aux sanitaires, nous nous touchions jusqu'au vertige les parties génitales en pensant les uns aux autres. Mais une fois en classe, une fois les uns en face des autres, une fois les uns mélangés aux autres, une chape de plomb venait étouffer les frénésies nocturnes que la solitude permettait sans fin. Chacun faisait, quand il croisait Sabine Antonini et ses lèvres de pulpe, comme si elle fût un étau de menuisier, un chou-fleur, une statue équestre. Ambassadrice, sous la couette, de nos hoquets pornographiques, reine des appétences les plus licencieuses, elle était presque boudée quand nous la croisions. Elle qui, sans doute, de son côté, faisait grincer son sommier en secouant ses vertèbres, les dents plantées dans sa lèvre inférieure, imaginant que l'un d'entre nous, et sans doute davantage, faisait, par l'intromission d'un vermisseau tendu, vibrer sa fibre intime comme vibre la carlingue d'un coucou de cinéma.

Nous nous snobions tous dans une hypocrisie absurde. Nous tripotant sans cesse, nous réservions l'activité sexuelle aux adultes, et à eux seuls. Quel gâchis ; car quelles orgies eussent-elles pu se dérouler dans l'enceinte du collège si tous, filles et garçons de la 5ᵉ B, nous avions fait preuve d'un peu plus de courage, d'honnêteté, d'esprit d'initiative. Certes, Serge Callu, qui ne s'en laissait guère conter, avait déjà, dans les toilettes du troisième étage, invité Christelle Hartz à le suivre, d'où il s'ensuivit une séance de pelotage en bonne et due forme, suivie d'ailleurs par quelques spectateurs ébaubis mais passifs – Callu, tout en malaxant les formes de sa proie pleinement consentante, trouvait toujours une main pour nous barrer l'accès à la chair dont il se repaissait. Mais la plupart d'entre nous baissaient les yeux en frôlant les corps qu'ils avaient ressassés nuitamment dans les saccades de leurs chants étouffés et les secousses transies de leur squelette.

Officiellement, le plaisir n'existait pas ; les chairs du jour étaient insignifiantes – je les scrutais, ici un mollet, un pan du tibia, le relief d'une hanche, le débordement d'une fesse sur le siège, l'élasticité des peaux. J'eusse donné ma vie pour m'agenouiller devant Stéphanie Harstadter et glisser ma tête entre ses cuisses. Hélas, de la fureur bestiale qui s'était emparée de moi vers les deux heures du matin, me réveillant dans la sueur, ne restait qu'une toux timide et gênée, un sourire plein d'embarras et de niaiserie. Sa bouche, que je connaissais par cœur tant le fantasme, tout à l'heure encore, me la restituerait dans ses moindres détails, était censée ne plus m'attirer dans l'enceinte du collège. Heureusement, la Stéphanie du jour possédait un avatar, intitulé Stéphanie de la nuit, qui procédait à l'exécution instantanée, permanente et multipliée de toutes mes attentes. Stéphanie-nuit avait les mêmes cheveux que Stéphanie-jour, des cheveux chauds, roux, doux, longs. Mais Stéphanie-nuit se les laissait tirer en gémissant, tandis que je giflais ses fesses rebondies que la faible lumière pénétrant par les persiennes, mélangée à l'obscurité de ma chambre, peignait d'un bleu verdâtre. Et pendant que je parlais d'un exercice de géométrie avec Sylvaine-jour, entêtée à n'évoquer que des dossiers sérieux et des matières pénibles, Sylvaine-nuit continuait sa grasse matinée chez moi, endormie sur mes caleçons breneux et mes Gide interdits, se retournant dans mon lit comme une nymphe éclaboussée de soleil. Sylvaine-jour ne se doutait pas que ses bras blancs et charnus, que ses seins dodus et frais, qu'elle tentait de me dissimuler en évoquant le théorème de Thalès, m'avaient enlacé quatre heures auparavant, ni que ses lèvres s'étaient approchées de mon ventre, laissant des empreintes définitives sur ma vie. Je vérifiai que la morsure opérée sur le lobe de l'oreille gauche de Sylvaine-nuit ne s'était point transmise, par quelque miracle, à Sylvaine-jour – non : aucune manifestation de mes folies nocturnes n'avait atteint la doublure diurne de ma maîtresse déchaînée. Je savais néanmoins, grâce à la créature sur mesure que je m'étais inventée, de quoi sa jumelle était capable : je connaissais sans qu'elle s'en doutât ses inavouables manies et ses façons de miauler.

Appuyant avec un double décimètre sur mon vit, je fus saisi par le cou. La professeure d'allemand s'était avisée de mon manège (ce que Gide avait appelé, en son temps, ses « mauvaises habitudes ») ; elle m'entraîna dans le couloir où je reçus une admonestation vive, bien que mâtinée de compréhensivité soixante-huitarde : « C'est la nature, c'est l'adolescence, mais tu ne peux pas faire des choses pareilles en classe. D'accord ? La prochaine fois, c'est le censeur. Et le censeur en parlera à tes parents. » Je me liquéfiai. Elle m'autorisa à rejoindre mes condisciples, me promettant que l'incident était clos. Il ne l'était pas complètement : M. Geckoleo, le professeur d'histoire-géographie, m'accueillerait dans sa classe, un jeudi d'avril, par un tonitruant (et mystérieux pour les autres) : « Alors, Moix, il paraît qu'on soigne sa libido en classe ? Je t'ai à l'œil, mon ami. » C'était la première fois de ma vie que j'entendais le mot, très laid, de « libido ». Il me faisait penser au Lido, près de Venise, mais comme s'il fût affublé de la même verrue que Lacoste.

Je vérifiai le soir, dans mon *Petit Larousse illustré* 1974, la définition de ce terme si disgracieux. Ayant conservé ce dictionnaire, posé en permanence sur le bureau d'acajou, un peu piqueté, que j'utilise aujourd'hui pour écrire, je puis retranscrire à la lettre ce que je lus alors (je viens de retrouver une photo découpée, formant marque-page – à l'instar de l'autocollant de Daniel Foucault –, d'une pièce de théâtre adaptée de *L'Herbe rouge*) : « [libido] n. f. (mot lat. signif. volupté). » Cela commençait bien mal : j'imaginais avec horreur Gide, dont « volupté » était un des mots favoris, le remplacer par « libido » dans son œuvre. Puis : « *Psychanal.* Énergie fondamentale de l'être vivant, qui se manifeste par la "sexualité". (Freud en fait l'expression de l'"instinct de vie" [éros], et l'oppose à l'"instinct de mort" [désir d'autodestruction].) »

Ce que j'avais commis en cours était donc le contraire d'un crime puisque j'avais lutté contre mon instinct de mort ; j'avais combattu ma tendance à la destruction. Cette définition, toutefois, me parut confuse : ne pouvait-on se suicider à l'instinct de vie ? N'était-il pas envisageable de se détruire par le sexe ? Quelques mois plus tard, comptant jusqu'à cent pour me donner du courage, je m'approchai de la professeure d'allemand, Mme Fraysse (son nom, là encore, me revient à l'instant, comme si la mémoire avait eu besoin d'un contexte pour que les habitants de mon passé doucement, lentement, naturellement se renomment tout seuls, à mon insu) et me plantant devant elle : « Madame, vous m'avez humilié pour une histoire d'instinct de vie. Je ne suis pas quelqu'un qui meurt. Je suis quelqu'un qui vit. »

Abasourdie, elle me demanda des précisions ; elle ne comprit pas ce à quoi je faisais allusion. « Lisez Freud, vous comprendrez ! » assénai-je. Le soir, je convoquai tous les « avatars nuit » des dix plus belles filles de la classe pour une orgie pleine de volupté. Ce fut le triomphe définitif, en moi, de Gide sur Freud. Et ma concupiscente revanche sur l'allemand.

Quatrième. – J'avais commencé d'écrire mon journal intime ; immédiatement déniché par mes parents, et détruit. C'est pourquoi j'eus l'idée de le rédiger en allemand. J'abandonnai vite ; bien que progressant dans cette langue, je ne m'y sentais pas chez moi.

Je composai des débuts de romans « sérieux », dont je souhaitais qu'ils fussent le plus volumineux possible. Je possédais, en livre de poche, l'*Ulysse* de Joyce dont la difficulté, doublée d'une typographie de mouche, me ravissait. Je rêvais de laisser derrière moi, dans la nuit des siècles, un parpaing littéraire incandescent, savant, opaque, impénétrable, à la limite de la lisibilité, qui forcerait le respect des humains jusqu'à la mort de l'univers. Il était hors de question de produire plusieurs tomes, façon Zola, Romains, Proust, mais de construire un monument unique et surépais, saisissable avec une seule main.

Il s'agissait d'inventer un monde burlesque, aussi peu proche du réel que possible (je ne connaissais rien de la vie) ; je m'inspirai naïvement des premières pages du chef-d'œuvre de Joyce – dans mon premier opus, avorté comme tous ceux qui suivraient, je décrivais dès l'incipit un homme en train de se raser. Jouant *Toto IV* en boucle à l'insu de la Kommandantur, je me prenais pour un écrivain important, prodigieux et, surtout, puisque tel était mon Graal, *difficile*. « Le petit Moix ? C'est un auteur *difficile* ».

Je multipliai les tentatives ulyssiennes. Il me fut impossible, chaque fois, de dépasser la page trente. Je pensai, un instant, amalgamer tous ces avortons de manuscrits pour n'en faire qu'un seul, à la manière d'un patchwork littéraire qui viendrait renforcer cette réputation d'écrivain ardu. Mais les greffes ne prirent pas. Je persistai pourtant, cherchant dans la mythologie grecque, comme mon prédécesseur et collègue irlandais, de quoi alimenter mon roman. Je n'élaborais pas de plan, de peur de m'ennuyer. Rien ne faisait davantage ma joie que d'avancer à tâtons, allant de surprise en surprise, laissant bifurquer la narration, vaciller les psychologies et basculer l'intrigue.

À quatorze ans, j'étais riche déjà d'une œuvre inachevée et inachevable considérable. Les manuscrits, cachés dans une cave désaffectée de notre immeuble, évoquaient des sujets divers où l'on retrouvait fréquemment la peau douce et chatoyante de Sabine Antonini et la présence d'André Gide. Un de mes personnages, qui, donc, s'était coupé en se rasant et prononçait des sentences en latin (je les avais empruntées aux pages roses de mon *Petit Larousse illustré* 1974), avait choisi de vivre dans un monde bleu ; muni de lunettes aux verres bleutés, il avait repeint son appartement en bleu, ne buvait que des alcools ou des jus de fruits bleus, etc. Un autre avait épousé son macaque. Un troisième avait décidé de supprimer la ville d'Istanbul de la carte parce qu'il y avait vécu un chagrin d'amour. Un quatrième refusait l'écoulement du temps et volait les montres et les horloges, les pendules, pour les jeter dans la Loire. Je me souviens d'un chapitre dans lequel un enfant, né sourd, muet et aveugle, aspirait à devenir astronaute et passait ses journées à caresser des chats de gouttière. Dans *L'Hypothèse noire*, une jeune femme, dont les triplés s'étaient suicidés en avalant le contenu d'une bouteille de déboucheur pour évier, avait décidé de parcourir le monde sans un centime, vendant son corps jusqu'à le souiller tout à fait. J'imaginai « quelque part en Pologne » une scène de viol rédigée en octosyllabes.

La vérité est que j'étais paresseux ; une fois l'idée émise, je tenais quelques pages, puis commençais de m'ennuyer. La moindre difficulté narrative me décourageait. Je rêvais d'inventer une forme nouvelle, mais une voix intérieure m'avertissait, désagréable, insidieuse, lancinante, que la littérature ne m'avait peut-être point attendu. Déçu par mes propres découragements (Joyce, lui, avait tenu bon), j'abandonnais les manuscrits mais une pulsion créatrice, chaque fois, me rappelait vers la feuille blanche ; et je recommençais. Cette fois serait la bonne : je transformerais l'essai, révolutionnant cet art fabuleux, le plus beau de tous, puisqu'on pouvait s'y livrer avec la seule pointe du crayon et un morceau de papier. Me retrouver seul devant les premiers mots d'un nouveau manuscrit me remplissait de bonheur ; l'inquiétude de ne pas écrire mille pages était balayée par l'assurance d'en écrire deux mille. Je sentais mon imagination se propager vers l'infini ; je n'avais aucune raison de ne pas y croire. Mozart avait commencé jeune – je n'étais nullement disposé à abandonner ma précocité. Je construirais une œuvre universelle ; c'était à mon âge qu'il s'agissait de l'entreprendre.

Bien qu'adorant la bande dessinée, je n'eusse point supporté qu'une illustration vînt accompagner ma prose complexe et géniale – à la vérité, mes phrases étaient tarabiscotées, bancales, ridiculement compliquées ; je passais plus de temps à chercher dans le dictionnaire des mots savants ou exotiques à replacer coûte que coûte qu'à exprimer quelque vérité personnelle et profonde. La seule chose qui m'importait était d'en imposer. Je n'avais de cesse qu'on reconnût en moi le prodige que je m'étais promis de devenir. Si je passais d'un manuscrit à l'autre, c'était parce que dans le roman en cours, mon génie ne semblait pas scintiller de tous ses feux. Il n'éclatait pas avec l'évidence que je lui prêtais à l'extérieur de mes livres. Tant que je n'écrivais rien, que je ne faisais que rêver à ce que j'allais bâtir, mes dons crevaient la page ; mais dès que la phrase se mettait à exister vraiment, elle ressemblait à une phrase normale, à la phrase non géniale de n'importe qui. Le génie ne viendrait-il pas de la phrase ? D'où pouvait-il donc provenir ? De l'histoire ? De la structure ? Cela restait un mystère.

J'eus beau tordre mes phrases dans tous les sens, pratiquer sur elles des chirurgies radicales, les torturer, les gonfler ici pour mieux les assécher là, elles se pliaient à tout sauf à la sensation nette qu'on éprouve en face du génie. Cela devint déprimant : rien ne m'intéressait, hors d'être reconnu comme l'égal de mes dieux. J'auscultai encore et encore leur manière, les pillant, les plagiant. Leurs phrases possédaient une qualité dont les miennes étaient dénuées : elles étaient d'eux.

Il n'était pas possible de rester anonyme et empêché. J'étais effrayé par le spectre, non de la mort, mais de la médiocrité. Je n'acceptais pas qu'on pût, dans les rues, dans les classes, dans l'existence, me trouver « moyen ». Devenir un être statistique, rivé à sa ressemblance avec le reste de l'humanité ; j'optai pour le pédantisme, ce fut là mon erreur : je me mis à employer une langue désuète, à composer mes devoirs à l'aide de tournures inusitées. Je devins un précieux doublé d'un cuistre. Je n'avais pas saisi, tout à ma passion du paraître, que les grands livres ne sont faits que d'une seule matière, inflammable et instable, délicate et fragile : la vérité – quand bien même cette vérité serait mal dite, amochée par un style abrupt. Il « suffisait » d'être authentique ; mais être authentique, bien que cela fût la chose la plus simple, m'apparaissait comme la plus difficile. « Être soi » : c'était cela qui m'était impossible – je parvenais à être tout, à être tous, à être n'importe qui et n'importe quoi, sauf moi-même.

J'ampoulai mon style, je boursouflai ma façon, précisément pour me dissimuler : être moi ne se pouvait pas ; seul être un autre pût me garantir mon entrée dans la grâce. Écrire, c'était écrire sur soi, pour soi – même si le roman se présentait de manière inverse, avec des personnages éloignés de mon tempérament, de ma vie, de ma ville, et que leurs tribulations ne paraissaient s'adresser qu'au lecteur. Je n'y parvenais jamais.

J'offris les premières pages de *Zoo*, un de mes chefs-d'œuvre en germe, à Anaïs Steinitz. J'en étais amoureux fou ; elle raffolait de mes misérables coups d'éclat (la panoplie de mes reparties, face aux professeurs, la réjouissait). Je lui dédiai l'œuvre ; le premier chapitre (il y en eut deux en tout) démarrait sur les chapeaux de roues : une enfant de onze ans avait assassiné ses parents puis, pendant une semaine, continuant gentiment de se rendre à l'école, les avait dépecés et s'en était nourrie. Anaïs raffola de cette histoire ; selon elle, j'exprimais, bien que de manière « un peu alambiquée », la « vérité vraie » sur les familles – nul n'aime vraiment ses parents ; seul un appel biologique nous y attache, mais si nous les rencontrions dans la rue, nous ne leur adresserions pas la parole. L'intelligence de cette fille était puissante. J'écrivis donc pour elle, rien que pour elle, jusqu'à ce qu'une tumeur au cerveau lui enlevât sa mère. Du jour où la maladie s'était déclenchée, elle cessa de m'adresser la parole ; elle devint même une ennemie farouche, qui tenta, à plusieurs reprises, de m'humilier en public.

Zoo s'arrêta net ; j'écrivis une longue lettre à Anaïs, que je déchirai. Je commençai un petit essai sur André Gide, mais je ne sus quoi dire exactement, hors le fait que je l'admirais de toutes mes forces. J'étais malheureux ; je tentai la rédaction d'un nouveau roman intitulé *L'Afrique est très belle*. Anaïs en était l'héroïne ; elle refusa d'en lire une traître ligne. J'allai sonner chez elle un mercredi après-midi. Son père m'ouvrit la porte ; j'aperçus la jeune fille au fond d'un couloir sombre. « Pas lui ! » s'écria-t-elle. Le père me regarda longuement, haussa les épaules et referma la lourde porte sur moi sans prononcer un mot. La gifle fut immense ; je me promis qu'un jour, quand je saurais écrire la vérité dans sa simplicité nue, je la dirais dans un roman d'humiliation comme il existe des romans d'initiation. Tel serait le genre que j'inventerais. Ce jour-là, ce jour-là seulement, peut-être, j'aurais du génie.

Troisième. – Elle avait les dents un peu trop écartées. Elle est devenue mathématicienne, spécialiste reconnue des domaines pluridimensionnels. J'ai vu qu'elle avait publié, chez des éditeurs scientifiques, des ouvrages sur la formule de Stokes et sur l'intégrale de Lebesgue. Nul, étudiant ou professeur, pendant cette année de troisième où le programme de mathématiques restait somme toute rudimentaire, n'eût pu déceler les dons d'Amélie Montalvo.

Amélie possédait un secret qu'elle m'avait révélé ; je lui avais fait découvrir *La Porte étroite*, lui lisant à la récréation ce qui me semblait être les meilleurs passages, et nous avions établi une relation d'amitié. Je ne la désirais pas, non parce qu'elle n'était pas belle, mais précisément parce qu'elle l'était trop. Grande (elle me dépassait d'une tête), élancée, cambrée comme une danseuse (c'était une gymnaste hors pair, et nous la désignions plutôt comme un futur petit rat de l'Opéra), elle m'était, dès le jour de la rentrée (elle était nouvelle au collège Dunois), apparue hors d'atteinte. Je ne possédais aucune des qualités requises pour la séduire ; plutôt petit, complexé par mon nez, je me sentais ratatiné et laid à ses côtés. La seule chose qui, outre Gide, nous avait rapprochés était l'appareil dentaire dont, tous deux, nous étions affublés et dont les bagues métalliques (les embouts nous cisaillaient l'intérieur de la joue), où se coinçaient les aliments, étincelaient au soleil et nous empêchaient de sourire complètement. Si j'ai toujours paru sombre, privé de rictus, ce n'est pas seulement parce que j'étais agoni de coups ; mais aussi parce que je refusais d'exhiber mes terribles crochets.

Quelque jour, lors d'une giderie, en classe de permanence – j'appelle « giderie » la lecture clandestine, en aparté, d'un passage de mon maître –, j'avais tenté de poser un baiser sur sa joue ; elle s'en était tirée par un mouvement brusque de la nuque, et mes lèvres avaient très ridiculement atterri sur ses cheveux, qu'elle avait jaune paille. Nous en rîmes.

C'est cette complicité orthodontisto-gidienne qui me donna accès à son grand secret : elle vivait la vie d'une autre. Sa sœur cadette, décédée avant sa naissance à l'âge de huit mois, s'était elle aussi prénommée Amélie. Elle avait éprouvé le monde la première, puis s'était éteinte suite à une hémorragie cérébrale. Tout l'oxygène qu'Amélie 2 inspirait avait été réservé, au départ, à Amélie 1. Mon Amélie ne vivait pas : elle remplaçait. Elle ne succédait pas : elle faisait office de. Aussi bien, ses parents ne la traitaient pas comme si elle fût elle, mais comme si elle fût l'autre. Elle était sa sœur née une deuxième fois.

Une réincarnation. On attendait de l'Amélie vivante qu'elle exécute la vie de l'Amélie morte. Tout ce qu'on avait placé d'amour, de tendresse, dans la première enfant s'était translaté sans frottement, ainsi qu'à l'intérieur d'un référentiel galiléen, dans la seule Amélie dont on disposait : la nouvelle. Il s'agissait d'une transsubstantiation.

On avait doté la remplaçante des mêmes peluches que la disparue ; elle était aimée non pour elle-même, mais pour l'autre. Étrange comportement que de considérer que le seul enfant licite fût le premier arrivé au monde, comme si la chronologie établissait une hiérarchie. Il en va de même dans les rencontres amoureuses : une impulsion nous pousse vers une femme déjà en couple ; mais son compagnon, son mari, n'est à ses côtés que parce qu'il l'a rencontrée le premier, qu'il a eu la chance de pouvoir la conquérir avant nous. Il ne faut pas se laisser impressionner, et tenter malgré tout sa chance, le but étant de rectifier une aberration : je ne suis peut-être pas le premier dans le temps, mais je sais que je suis le premier en légitimité. Les dates ne confèrent aucune validité, aucune autorité spéciales à une relation amoureuse. La logique des sentiments n'est pas celle de l'histoire. Nul ne possède une femme parce qu'il était là avant les autres ; elle est offerte à tous les vents – l'amant qui viendra l'arracher à ses amours antérieures saura lui montrer que l'homme de sa vie n'est pas celui d'hier ou d'aujourd'hui, mais celui de tout à l'heure et de demain matin.

Amélie n'était pas heureuse ; elle souffrait de ne pouvoir coïncider avec elle-même, se voyant sans cesse obligée de deviner ce qu'aurait fait sa sœur à sa place. Installée dans l'existence depuis quinze années, c'était elle, pourtant, qui eût pu prétendre au statut de grande sœur. Amélie 1 restait l'aînée dans la mort ; mais Amélie 2 incarnait l'aînée dans la vie. Ses parents la couvraient des cadeaux qu'ils n'avaient pu faire à l'autre. Le dimanche, ils se rendaient immanquablement au cimetière, section B, allée 24. Le prototype de l'Amélie existante dormait là, à l'ombre saugrenue d'un hêtre pourpre au tronc sinueux formant un dôme et dont les branches, en hiver, conservaient leurs feuilles mortes.

Sur la petite dalle s'inscrivaient deux dates qui ne voulaient rien dire, puisque si Amélie-dessous était bel et bien née, elle n'était jamais morte, Amélie-dessus ayant pris le relais. L'Amélie de chair se signait sur la tombe de cette Amélie de putréfaction qui n'était qu'une chimère : on tenait, par cette visite réglée, à rappeler à mon amie d'où et de qui elle provenait.

Je la vis souvent pleurer dans mes bras, mouillant mes maillots. Je tenais ses cheveux, sans appuyer trop sur sa tête, par crainte qu'elle ne s'imaginât de ma part quelque nouvelle tentative. Je m'étais procuré pour deux francs, sur le mail où les brocanteurs s'entassaient le samedi matin, un étrange petit fascicule dont, dès le lundi, je partageai fébrilement la lecture avec elle. Il s'intitulait *L'Expérience intérieure.* Son auteur ne m'était pas inconnu : Georges Bataille jouissait d'une salle d'étude à son nom à la bibliothèque municipale, sise dans les jardins de l'Évêché, auprès de la cathédrale. C'était une salle sévère qui empestait l'encaustique. Bataille avait dirigé ce lieu aux abords de sa mort. Par les hautes fenêtres, on apercevait des tilleuls, des saules et des marronniers, qui sont les trois arbres les plus tristes de la Création.

Ce petit fascicule m'avait attiré pour son auteur, mais aussi pour sa face jaunie, cornée, un peu rongée, rugueuse, frappée d'un tampon : « BIBLIOTHÈQUE DE L'UNIVERSITÉ – LETTRES – ORLÉANS ». Surtout, tout me paraissait « anormal » sur cette couverture, et difficile d'accès – ce qui comblait le cuistre que j'étais. Sous le patronyme de l'auteur, en lettres d'un beau rouge d'aubépine, était gravée une formule dont l'hermétisme m'avait mis en joie : « SOMME ATHÉOLOGIQUE ». Juste en dessous, le chiffre romain « I » indiquait que ce volume en appellerait d'autres. L'édition était, en outre, « revue et corrigée » et « suivie de MÉTHODE DE MÉDITATION et de POST-SCRIPTUM 1953 ». Le tout souligné par le prestigieux sigle de la *Nrf.* Tant de mystères, de complications m'enivraient – c'était, de tous les livres que j'avais connus à ce jour, celui dont le titre se voulait le plus touffu, le plus impénétrable, le plus *désagréable* en quelque sorte.

Jamais je n'ai été un homme de méditation ; voici une dimension de l'existence humaine qui, sans doute, me sera interdite jusqu'à la mort. Je rate évidemment quelque chose – à moins que cette « expérience intérieure » ne soit la littérature elle-même. Elle seule parvient à me faire être.

Dès les premières pages, Bataille avait écrit : « Je n'aime pas les définitions étroites. » Il devint à son tour une de mes figures mythologiques. Je compris grâce à lui, dont la lecture exigeait des efforts parfois insurmontables (comme le serait plus tard, dans une certaine mesure, la lecture d'ouvrages de mathématiques), que la parole divine peut être une parole athée : le verbe de Kafka n'est que le Verbe continué du Sinaï ; la phrase de Proust n'est que la continuation de la Parole originelle. Si Dieu existe, ce n'est point dans la confession ni dans l'hostie, ou pas exclusivement, ce n'est pas sur la Croix, ou pas uniquement, mais sur la page jaunâtre et roussie d'un exemplaire de tel chef-d'œuvre de la littérature. Là loge la foi ; ici habite la vérité.

Amélie m'emprunta l'ouvrage, qu'elle dévora en moins d'une semaine ; elle le fit photocopier et le relia. À la page 59, une phrase l'avait émue aux larmes : « Chaque être est, je crois, incapable à lui seul, d'aller au bout de l'être. » Cette fulgurance exigeante, cette réflexion pleine d'altitude, qui pût nécessiter plusieurs copies doubles d'analyses à l'agrégation de philosophie, parut à l'adolescente dédoublée aussi lumineuse qu'une triviale charade de Carambar. C'est qu'au bout de l'être, Amélie devait y aller pour deux ; ou plus exactement (je m'emmêle moi-même les pinceaux), elle devait aller, seule, au bout d'un être qui n'était pas le sien. Cette insoluble équation, prompte à fabriquer de la psychopathie, passa par maintes crises d'épilepsie – je comprends que l'étude poussée des mathématiques, plus tard, la soustrayant à la réalité et à elle-même pour l'envelopper d'abstraction, pût être une solution pour continuer de vivre.

Dans la chambre de ses parents, il n'y avait de photographie que de l'Amélie de l'au-delà ; un soir, profitant d'être seule à la maison, elle détruisit ce cliché protégé par un verre antireflets enchâssé dans un cadre de merisier. Puis elle décida de ne plus s'appeler Amélie, mais Charlotte. Elle signe aujourd'hui ses livres spécialisés sous ce prénom. Elle attenta à sa vie deux fois, peut-être trois. Pendant les vacances de Pâques, je vins la voir à la clinique Bon Secours, non loin de la place Saint-Laurent où elle vivait. Elle avait ouvert le gaz ; la femme de ménage l'avait trouvée, inanimée, dans la cuisine et l'avait sauvée *in extremis*. De ce jour, tous, autant que nous fûmes, devions l'appeler Charlotte. Lorsqu'un professeur ou l'un des nôtres se trompait, des larmes coulaient sur sa joue. Puis, les essuyant avec ses longs doigts fins aux ongles roses, elle se mettait à sourire et nous pouvions apercevoir ses dents un peu trop écartées.

Seconde. – L'enfance s'effilochait ; ma voix se vrillait. Je parlais comme dans un boyau. Le miroir me montrait quelqu'un qui cessait d'être moi. J'étais en train de grandir, ce qui est la forme pudique qu'on emploie pour dire que les enfants vieillissent aussi, jusqu'à devenir ces putrides événements qu'on appelle les adultes.

Amanda Hebbel ne me regardait jamais ; elle ne me remarquait pas. J'aimais ses joues couleur prune. Nous étions les deux meilleurs de la classe en composition française. Lorsque je lui adressais la parole, mes mots se déformaient : je vivais dans la terreur de lui déplaire ; j'avais honte de ce que je proférais. Et de mes gestes, aussi. Devant la glace de la salle de bains, je m'ordonnais d'être beau. J'essayais des mimiques fatales ; je fronçais les sourcils pour paraître grave et plissais les yeux afin de me remplir de mystère. Je cherchais à être l'équivalent humain de la couverture du fascicule de Bataille. Las ! quand je la croisais, je redevenais ce gnome et ce tâcheron minuscule – un ciron.

Je m'étais inventé la veille, ou le matin même ; de

cette invention, une fois devant cette fille merveilleuse et superbe (ses cheveux bouclés ressemblaient à une portée musicale sur un drapeau flottant dans le vent du nord), il ne restait que des cendres. Chaque fois je me jurais d'être à la hauteur, et chaque fois je démissionnais de mon courage. Je n'étais pas seulement un lâche : j'en résumais la définition. Le mot de « pleutre », que j'avais tant aimé placer dans mes rédactions et mes morceaux de romans joyciens, avait été conçu pour moi. Mes résolutions, mal cousues, se détachaient aussitôt que je me retrouvais en situation.

Les entraînements, les répétitions ne servent à rien en matière amoureuse ; tout ce qu'on prépare en laboratoire, coupé de la réalité, en l'absence des choses, est vain. Nous y plaçons trop de nous-même et pas assez de l'autre. Hélas, la femme aimée n'est ni un arbre ni un mur : elle profère des paroles, elle possède des désirs, des goûts, un caractère, une personnalité qui, dans notre salle de bains, et à son insu, ne peuvent être appréhendés dans la plénitude de leur complexité. Dieu que j'étais séduisant, hier soir, au-dessus de mon lavabo, ou tout à l'heure encore, dans le reflet du bus – et elle n'avait pas été là pour admirer cette attitude, si rare, dans laquelle j'avais pu me trouver beau, vraiment beau. Elle avait tout raté et je lui en voulais. Maintenant que je la croise, la malédiction revient, ma grâce s'en est allée, restée près du lavabo ou gravée sur la vitre du bus.

Amanda Hebbel (« est belle ») habitait chez sa tante ; la pauvre femme, veuve depuis trois décennies, avait la peau couverte de furoncles et louchait. Sa laideur était fameuse ; mais nous aimions, passé le bizutage du prime dégoût, la douceur de son accueil et le goût de ses tartes à la rhubarbe lorsque Amanda invitait, le mercredi ou le samedi, une partie de la classe à goûter. La maison, boulevard Alexandre-Martin, était claire et s'ouvrait sur un jardin fleuri où rouillait un portique sans balançoire. Personne n'a jamais su pourquoi il était là, inutile, oublié, encombrant. Dans l'admiration, dans l'amour, dans la passion que je vouais à la belle Amanda, j'avais un rival : Yvan Mozec. Yvan Mozec, plus grand en taille que tous les secondes du lycée, était accoutré comme un acteur des années trente, complet veston, pochette et cravate, nœud papillon. Les jours de devoir surveillé, comme s'il se fût agi d'une cérémonie décisive, sa tenue défiait les modes, bravait les époques et provoquait la sidération. Les jours d'épreuves de mathématiques, ajustant son col châle et sortant d'un film de Jean Renoir, il optait pour le frac, affublé dans le dos de deux basques rectangulaires qui, semblables à la queue des morues, chatouillaient la pliure de ses genoux. Pour les sciences physiques, quelque superstition le poussait à opter pour la livrée, ce qui lui conférait des allures de portier d'hôtel new-yorkais.

Le jabot, façon dix-septième siècle, qu'il préférait à volants tuyautés, de même que ses fameux slacks, faisaient sa fierté : « Je suis barrésien », insistait-il sans que nul ne sût exactement ce qu'il entendait par là. Moi-même, qui connaissais le nom de Barrès par la proximité dont je jouissais avec l'univers gidien (Gide, dans sa jeunesse, avait eu l'auteur de *La Colline inspirée* pour maître), je n'avais pas tissé de rapprochement entre l'adjectif et le bonhomme. Yvan Mozec, abandonné par ses parents à l'âge de cinq ans, était élevé par sa grand-mère, une proche amie de la tante d'Amanda. D'où il ressortait que Mozec avait un accès privilégié à ma muse. Il me répétait, aussitôt qu'il le pouvait, que je n'avais « aucune chance » et que la belle n'aimait que les grands de taille.

J'écrivis des poèmes que je déchirai. Ils étaient mauvais. J'ouvris un recueil de Hugo, et commençai de recopier les meilleurs, les adressant à Amanda comme s'ils fussent de mon cru. Mozec, qui possédait des lettres malgré son jeune âge, avait découvert la supercherie : ma sirène lui avait exhibé mes prouesses, quelque peu impressionnée, et ce gommeux m'avait instantanément démasqué. Je pris, de la part de la créature que j'eusse voulu épouser au plus vite, une flopée d'injures que je ne fus pas près d'oublier. Je ne pus, pendant des semaines, plus adresser un seul regard à Amanda, laquelle ne m'invita plus à ses célèbres goûters. Je m'enfermai dans Gide et Sartre afin qu'ils épongeassent mon chagrin (ils en avaient l'habitude) ; les livres, mieux que les églises, sont un bel endroit pour pleurer.

Mozec, décidément peu de son temps, eut l'idée de me provoquer en duel. Au mitan des années Tapie, cette pratique était fort peu répandue, tombée depuis longtemps en désuétude. Il choisit l'épée, son arme fétiche – son grand-père avait été, clamait-il, champion de France d'escrime. Je refusai net. Il sortit bientôt avec Amanda, l'enlaçant, l'embrassant sous mon nez, me narguant ; je les voyais heureux en classe, lumineux aux récréations, extatiques dans la rue. Je souffrais. Elle m'avait préféré quelqu'un de plus clinquant que moi, mais de moins vrai, de moins profond – j'en ai toujours voulu aux femmes qui n'ont pas su déceler chez moi la part nue, celle qui jamais ne triche ; le point, incandescent, de vérité brûlante, le croisement des souffrances ineffables – cette croisée de mes chemins où mes piteux avatars se rencontrent pour se taire. Mozec était un imposteur. Me rencontrant tous les deux ils riaient, ils se moquaient ; ils me tuaient. Je tentai de colmater mes blessures en brillant dans chaque matière ; j'y parvins. J'écoutais de la musique triste, je regardais tomber la pluie en relisant pour la dixième fois *Les Nourritures terrestres*. Dans la salle Georges Bataille, je me vengeais de mon sort en commandant des essais compliqués et des romans oubliés. Puis Mozec changea doucement ; ses gestes, ses mouvements se ralentirent. Il fut frappé d'une maladie orpheline qui atrophie les muscles. Nous nous rapprochâmes ; il avait cessé de me toiser. Surtout, Amanda, la fatale, la superbe, l'avait quitté dès les premiers symptômes de son mal. Ratatiné, pâle, se voûtant, il avait cessé le sport et espacé les sorties, continuant d'étudier chez lui. Son moral déclinait, mais il n'en montrait rien, plaisantant sans cesse sur l'actualité, sur les professeurs, sur nos camarades. Le chagrin causé par sa rupture ne l'affecta pas longtemps : il avait d'autres combats à mener, plus extrêmes. Sa grand-mère, drapée, elle, dans un vieux manteau, se montrait pour lui aux petits soins ; elle pleurait devant moi dans la cuisine, quand Mozec faisait la sieste, donnant des coups de chiffon inutiles à sa vaisselle déjà lustrée. « On ne sait pas où il en sera dans un an, répétait-elle. Il ne sera peut-être plus là. Mais je le connais. Il est fort, mon gars. Il va se battre. » À son regard, je comprenais que ses affirmations s'apparentaient à des questions ; je répondais « oui » et rentrais chez moi, le cœur brisé.

Amanda ne m'intéressait plus. J'évitais désormais son regard, mais par mépris. Elle s'était entichée d'un sport-étude judo, Thierry Molereau, un Beauceron jovial au muscle saillant. La santé de Mozec déclina rapidement ; ses jambes bientôt ne lui obéirent plus. Il passait désormais ses journées devant la télévision, suivant, le mercredi après-midi, alors qu'il n'était âgé que de quinze ans (il bénéficiait d'un an d'avance), les débats de l'Assemblée nationale que la troisième chaîne retransmettait. Un midi que je déjeunais avec lui, dans la pâle cuisine qui sentait l'ail, il avait tapoté avec sa cuiller sur un flan que nous avait préparé sa grand-mère, puis, me fixant avec un sourire d'ironique désolation : « Regarde, Moix, ce qui va illuminer ma journée… »

Mozec m'apprit à me perfectionner aux échecs. C'était un as des ouvertures, qu'il étudiait avec profit dans des manuels sévères. Il avait du mal à déplacer les pièces et les laissait souvent tomber sur l'échiquier ; nous devions alors nous remémorer les emplacements des troupes et les reconstituer sur le jeu. Suis-je jamais entré dans l'âme de ce barrésien ? Comment imaginer ses maux, ses peurs, ses nuits ? Je ne posais aucune question sur son état. « J'aimerais me recommencer », m'avait-il glissé en me prenant mon dernier fou. Puis : « Tu sais, je n'ai jamais couché avec Amanda. Je l'ai fait croire à tout le monde. Mais c'était faux. » Je demandai : « Elle n'a pas voulu ? » Mozec, s'emparant de mon cavalier en B6, me fixa droit dans les yeux ; son corps tout entier semblait être le support de ce regard. « Les filles m'ont toujours ennuyé. » Je fus frappé par son visage, qui dégageait une mélancolie d'été, d'août triste, de rue vide. « J'espère que je ne vais pas mourir cette année. » Je regardai l'échiquier mort, où toute bataille s'était tue. « Je suis amoureux de toi. » Il fut hospitalisé à Paris huit jours plus tard. Nous ne nous revîmes plus. Il avait laissé un mot à Amanda, écrit à l'encre mauve et plein d'arabesques, où il la suppliait de m'épouser quand il ne serait plus.

Première. – Stella Suleyman possédait un nom romanesque, mais appartenait à la réalité réelle, celle où la pluie mouille, où les flaques salissent, où la mort tue. Elle était arrivée en cours d'année de première. J'eus pour elle, dès qu'elle pénétra dans la classe, un véritable coup de foudre. Je me mis à lui écrire des lettres enflammées, échevelées, possédées. Son cou haut, ses épaules frêles, ses joues blanches, son allure modiglianesque la plaçaient à part parmi les beautés qui nous entouraient. Elle souriait, et son sourire s'ouvrait comme un rideau de théâtre sur ses dents publicitaires. Elle était noire de peau. Née en Nouvelle-Zélande, elle avait été trimballée par un père diplomate qui avait fini par quitter sa mère, échouée chez un notable ventripotent, directeur du principal quotidien local et briguant la mairie d'Orléans.

Elle regardait les gens comme on allume un feu ; je fus souvent sa braise. Impatient de l'aimer, je faisais l'impossible pour elle, jusqu'à ses compositions de mathématiques quand elle avait abusé de la fête. Sa culture internationale, bien différente de la nôtre (bornée, étriquée, circonscrite à la géographie solognote), lui permettait des écarts non euclidiens qui nous rendaient tous, à côté, semblables à des santons. J'étais minable, mais ni plus ni moins que tous ceux, nombreux, qui comme moi s'étaient juré de la séduire. Je voulais carrément l'épouser, l'entourer de quelques enfants qui eussent résulté des bénéfices conjugués de nos si dissemblables biologies ; ses boucles d'oreilles avaient tinté quand elle m'avait adressé, secouant sa tête crépue pour signifier un non vigoureux, son sourire n° 18 – le plus éblouissant de son catalogue.

Son frère, Eric, avait formé un groupe de jazz, d'inspiration fort snob, dont la figure tutélaire était Cecil Taylor. Avec Céline, Cecil Taylor était le deuxième homme dont j'entendis parler qui portât un nom de femme ; Eric me détestait parce que je ne jouais d'aucun instrument. Il avait raison : celui qui ne joue de rien rate une dimension de l'être. Rêvant, marchant, écrivant, nageant, travaillant, notre cerveau est prisonnier de nous-mêmes comme nous sommes enfermés dans son béton. Mais jouer de la guitare, du piano – ainsi qu'Eric et Cecil –, du saxophone libère l'âme de toutes ses toxines ; on appartient au ciel neuf d'une existence dévouée au son, à la précision de la texture, à la beauté des ondes ; cet artisanat exige qu'on cesse immédiatement d'être morbidement tourné vers soi afin d'arpenter l'univers.

Cette minuscule trouée dans le silence, une note – celle qui pèse sur sa vibration, celle qui colle au cornet, celle qui s'évanouit dans un souffle, celle qui gicle en pulpe sous la corde qu'on pince –, une simple note fait pénétrer toute la laideur du monde dans la bulle infime de son attente, de sa suspension, de sa décoction. La mélodie qui commence, marche en s'évaporant, attaque le cœur sans prévenir, c'est de nous qu'elle éclôt ; nous mettons au monde ce transport invisible, qu'on ne décrit pas, qui ne se dessine jamais, qui ne fait qu'immédiatement mourir. Eric était un pianiste émérite mais nous n'allions écouter les répétitions de son quartet (François Leguet au ténor, le Martiniquais Bruno Dardanusse à la batterie, Rémi Trousseau à la contrebasse) que dans l'espoir d'y croiser sa sœur, plus vivante que les solos, plus vibrante que les chorus. Entre un LP dédicacé de Bill Evans, une journée avec Charles Péguy, et un baiser de Stella incrusté dans la chair de mon front plissé – de ma joue rosissant sur son passage –, je crois bien que j'aurais hésité.

Un samedi après-midi d'orage, tandis que Transfusion, la formation du frère, répétait en vue d'un gala, Stella m'entraîna dans sa chambre, qui donnait sur la rue de Bourgogne, déjà piétonne me semble-t-il à cette époque. Je n'étais point un furieux ; mais elle savait comment m'arracher à la glaise de mes principes, aux racines crochues de mes complexes. Doucement, mes tares se détachaient de moi ; je fus près de me trouver beau. Elle mordit mon cou, décoiffa mes cheveux, plaqua furtivement sa main sur ma braguette, la retirant aussitôt. Ce geste était destiné à me faire comprendre que cette destination existait, mais comme but à atteindre, comme Graal à obtenir, comme hypothèse à dérouler. Elle devait se mériter.

J'étais tétanisé à l'idée qu'elle optât, dans l'éventail des occupations insensées que son attitude ouvrait comme on ouvre pour la première fois la Sainte Bible, pour mon sexe. D'abord, je doutais tout simplement de ma propreté. Surtout, j'étais préoccupé par l'érection. Si Stella revenait promener sa fougue en cette région, zone de toutes mes appréhensions, intime géodésie de mes paniques, c'en serait fait de moi ; je ne savais pas comment l'on couchait. J'ignorais par quelles modalités exactes – et par quel miracle – on se retrouvait, tôt ou tard, en instance d'intromission. Je pratiquais suffisamment le commerce de mon anatomie pour savoir sa portion la plus fébrile capable de s'arquebuser. Mais être en extension chez soi, dans le confort clandestin de ses propres soubresauts, était une chose ; faire montre de sa vitalité – qui plus est pour la première fois – dans la compagnie d'un corps étranger en était une autre.

Je décidai de gagner du temps ; j'embrassai tout ce que je pus d'elle. Mais je voyais bien que l'attiraient les promesses de l'en-bas ; je sentais aussi que, ne lui plaisant ni plus ni moins qu'un autre, j'incarnais un corps générique, une occasion témoin comme on parle d'appartement témoin. Ma physiologie, parfaitement compatible avec la sienne, pouvait permettre, par le hasard défait de cet instant, de l'instant de cette journée, à nos deux existences de s'abîmer momentanément dans l'extase. Mon appareil dentaire lui déplut – elle se blessa la langue. En outre, malgré les signaux évocateurs, puis volontaires, puis insistants qu'elle sut m'envoyer (sa main droite manipulait mes parties génitales avec une frénésie qui tombait à plat), je restai coi.

Elle m'adressa un regard mauvais ; elle avait placé en moi des espoirs. Elle avait eu des attentes, de nature essentiellement sexuelle, et je les avais déçues. C'était la première fois que je lisais de la frustration sur le visage d'une femme. Sa figure tout entière exprimait une colère où entrait, pour plus tard, une intarissable rancune. Je m'étais fait bien malgré moi une ennemie mortelle. Stella ne me pardonnerait jamais ces gestes exécutés pour rien, cet arsenal de manipulations destinées à m'exciter mais qui, restées sans effet, paraissaient rétrospectivement aussi ridicules que des danseurs de pogo gesticulant sur une vidéo privée de son. Ses gestes, vains, lui faisaient honte à présent : leur signification devenait absurde et illisible, ils erraient dans un éther de burlesque laid. Et puis, faut-il le préciser, la jouissance escomptée n'avait pas eu lieu ; on s'était promené dans le néant.

La croiser en classe ne fut pas simple. En présence de ses amies, elle se moquait de moi. Je mets ma main au feu qu'il devait, dans leurs bourdonnants conciliabules, être question de mon fiasco. Je n'avais été capable que d'hésitations, de ricanements nerveux, de plaisanteries navrantes ; j'eus donc l'idée, le samedi suivant, de raturer cet échec. Stella verrait de quel pouvoir j'étais nanti – ma déconvenue ne serait, elle s'en rendrait vite compte, que l'expression passagère d'une fatigue anodine, la formulation empêchée d'un désir tonitruant. Je me replaçai dans la même configuration (écouter le quartet) ; mais elle ne m'invita point à la suivre. Profitant de ce qu'elle se rendait aux toilettes, désireux de lui montrer que derrière le fan d'Evry Schatzman et de Francis Ponge se dissimulait un lubrique petit mâle fin prêt à assouvir ses désirs, je la plaquai dans les WC aux fins de lui arracher ses vêtements. Elle éclata d'un rire sonore, non dénué de mépris, mais plein aussi de commisération, de ce rire qu'ont les spectateurs quand Louis de Funès exhibe son torse sous la douche sans s'apercevoir que Monsieur Univers prend la sienne à ses côtés.

D'ailleurs, je fus instantanément soulevé par le Martiniquais Dardanusse qui me projeta contre le mur du couloir où je sentis ma tête voler en éclats. Je me mis à saigner du nez ; Stella s'en plaignit, arguant qu'avec moi il y avait constamment des problèmes. Je l'entendis, s'enfonçant dans les profondeurs de la cuisine, expliquer à Dardanusse que je la collais depuis des semaines et qu'elle ne savait plus comment se débarrasser de moi. Dardanusse prononça à mon sujet quelques sentences qui, aujourd'hui encore, me réveillent parfois en sursaut. Il y était notamment question, entre autres saillies d'autant plus cruelles qu'elles n'étaient pas destinées à ce que je les entendisse, de ma « gueule de singe » et de l'odeur de sperme qui exhalait soi-disant de ma personne.

Les musiciens du groupe, à l'unanimité, m'exhortèrent à ne plus venir les écouter le samedi ni de les encourager : « On ne veut plus jamais entendre parler de toi. C'est clair ? » J'eus beau leur répéter l'admiration que je vouais à leur musique, ils me flanquèrent à la porte comme on se débarrasse d'une lèpre. « On n'aime pas ta gueule. Bonobo ! » Nous n'avions pas sept ans ; nous en avions dix-sept. Je ne versai pas une seule larme en rentrant chez moi. J'écrivis une lettre d'excuses à Stella, qui me la renvoya sans l'avoir ouverte. Sa petite bande revint m'intimider une ou deux fois, puis m'oublia. Un soir, Stella passa près de ma fenêtre ; j'entendis sa voix me héler. Je ne bougeai pas. J'écoutai *You Must Believe in Spring* en regardant la pochette. À l'intérieur de l'album se trouvait une photographie, détachée, en noir et blanc, de Bill Evans. Concentré sur son piano, le brushing impeccable et les lunettes droites, il allait commencer de jouer. Pour l'éternité il allait commencer de jouer.

Terminale. – Une catastrophe surgirait sans doute en mathématiques aux épreuves du baccalauréat. J'étais un des meilleurs dans cette matière, essentiellement parce que je la travaillais avec acharnement ; mon labeur était sans limite. L'algèbre et la géométrie me détestaient. J'étais certain que le jour de l'examen, mes pseudo-forces me lâcheraient. J'incarnais à la perfection la figure du faux bon élément. D'autres élèves, dont les notes en mathématiques étaient faibles, s'avéraient en réalité bien plus puissants que moi – ils n'avaient pas, pour leur part, épuisé leur force de travail. Mes capacités, pour peu que j'en eusse, embrassaient d'autres horizons. J'eusse payé pour qu'on me permît de passer mille heures à étudier chaque mot de *La Chartreuse de Parme* ou de *Lord Jim* – Conrad commençait doucement à rejoindre la galaxie de mes gloires.

Ce système scolaire, d'une grande et inutile cruauté, oblitérait les passions ; il n'était pas à l'écoute de nos goûts. Toujours, il s'agissait de se forcer. Les professeurs n'avaient cure de ce que nous voulussions devenir nous-mêmes et ne cherchaient, à travers nous, qu'à accélérer leurs propres particules. Je ne pouvais lire, regarder, écouter une œuvre qui pût complètement s'imbriquer dans la logique de mes études. Fort heureusement, une matière me sauva, qui fut la philosophie. Les cours de Jean Boubault me faisaient vibrer. Boubault nous ouvrit les portes, pour commencer, de l'épistémologie. Gaston Bachelard me procura des instants de bonheur d'une incomparable densité. J'étais tombé amoureux de cette figure et engloutis d'une traite, surlignant chaque phrase, ses ouvrages fameux sur ce qu'il intitulait « l'esprit scientifique ». Enfin on pouvait aimer les mathématiques via le verbe ; enfin on pouvait discuter de géométrie, se passionner pour elle, au lieu que de la *pratiquer*. Partant des théorèmes classiques, Bachelard s'élevait incidemment, simplement, toujours avec douceur et sympathie, vers les grandes questions métaphysiques. Se basant sur le postulat d'Euclide des droites parallèles, il parvenait en l'espace de quelques phrases d'une clarté diaphane, à interroger le statut de la réalité. Je me souviens avoir senti couler des larmes – de joie – en lisant « Les dilemmes de la philosophie géométrique », premier chapitre du *Nouvel Esprit scientifique*.

Je le lus dans le garage où, à côté du piano défoncé, à la lumière électrique, protégé des ambiances et retiré des tumultes, je devins imperceptiblement philosophe. J'ignorais jusqu'alors qu'on pût éprouver (saisissant une idée complexe, un concept élevé, un raisonnement difficile) l'équivalent de la jouissance épidermique. L'extase intellectuelle – c'est ce qui me passionnerait tant, plus tard, chez Edith Stein – existait. J'atteindrais bientôt à la lecture de Kant des sommets de félicité célébrale. Une idée qui n'est pas de nous, soudain comprise, enserrée une fois pour toutes dans notre intelligence, devient nôtre – et nous voilà surpris, comme si nous en fussions soudain les géniaux auteurs, de n'y avoir pas pensé plus tôt. Tout géant finit par nous faire rencontrer notre propre pouvoir cognitif et analytique, nous cédant généreusement la place au milieu de sa fulgurance, de son invention, de son intuition, de sa découverte. Il nous offre ce merveilleux cadeau : nous susurrer que ces résultats, qui sont ceux de l'intelligence humaine, appartiennent autant à celui qui les a obtenus et produits qu'à celui qui les a assimilés et compris. Tout ce que je lisais de profond finissait ainsi toujours par être de moi. C'est là, sans doute, dans le domaine scientifique du moins, la différence entre le génie et le talent. Le génie offre, par l'universalité de son importance, ses conclusions à l'humanité, qui en a besoin ; le nom du génie devient alors, sans que rien lui soit ôté de son prestige ni de son mérite, ni de sa gloire, le nom générique de l'esprit humain. Le talent se partage moins, plus dépendant de sa source, plus arrimé à la personnalité du créateur, de l'inventeur.

Il en va de même dans les arts ; les chefs-d'œuvre nous procurent d'abord la sensation, illusoire, qu'ils se situaient à notre portée tant leur simplicité, leur évidence, leur nécessité s'imposent. Le chef-d'œuvre (le chef-d'œuvre de génie) nous force à croire (il a raison de le faire) que son absence soudaine viendrait immédiatement modifier l'univers ; qu'elle le modifierait aussi violemment, mais en sens inverse, que son irruption dans l'histoire de l'humanité. Si nous retranchions du monde le *Guernica* de Picasso, le monde vacillerait. Supprimez une phrase, une seule, de *Notre-Dame de Paris* et tout s'écroule autour de nous, dans un tourbillon de cendres.

La veille de l'épreuve de mathématiques, j'entrepris de me changer les idées. Assis sur un banc du parc Pasteur, pris en étau entre les lycées Pothier et Jean-Zay, je me plongeai pour la première fois dans l'œuvre de Martin Heidegger, qui n'avait jamais supporté ce mot d'« œuvre », trop corseté pour ses évasions – « *keine Werke, sondern Wege* » (« non pas des œuvres, mais des chemins »), clamait-il. Ce fut un choc ; tout, chez lui, entrait en résonance avec mes obsessions, mes soucis, mes intérêts, mes passions. L'espace n'était, à côté du temps, qu'une question dérisoire – une potacherie. Nous ne résidions pas dans le temps, mais le temps résidait en nous ; dans une certaine mesure, il était nous ; nous étions lui. Tout, chez Heidegger, était sans cesse repris de zéro. Tout se voyait, non interrogé, mais questionné. Les évidences devenaient sous son verbe les choses les plus énigmatiques, les plus inaccessibles et les plus profondes qui soient. Le quotidien, précisément, qui secouait la sagacité de ce poète (il s'agissait bien là de poésie), s'avérait ce qu'il y avait de plus mystérieux, de plus riche de réflexions, de plus digne de pensée.

On avait, ainsi, le droit de *tout* questionner : chaque mot, chaque locution, chaque banalité, chaque trivialité. Le mot « là » posait des problèmes autrement plus abyssaux que le mot « Dieu ». Le mot « mot » lui-même, avec toutes les difficultés techniques que la langue allemande lui accolait, pouvait être trituré une vie durant. Heidegger rebaptisait et rebâtissait – rien ne lui échappait ; un trimestre de cours intensifs ne suffisait pas pour extraire du mot le plus simple sa pulpe, non métaphysique, mais philosophique. Le prétendu jargon heideggérien, tellement tourné en ridicule par des talents sans génie, loin de me freiner, m'enchanta ; j'avais compris, avec Joyce, qu'inventer le monde passait par l'élaboration préalable d'une parole pour le dire. C'est Heidegger qui, en même temps que Ponge mais avec des outils différents (le premier s'occupait de la théorie et le second de la pratique), me fit comprendre que sans les mots, le monde était informe ; si le mot « pomme » venait à disparaître, le fruit n'y survivrait pas. « Avant le commencement, avait écrit Péguy, sera le Verbe. » Saisissant ces intuitions, des frissons me parcouraient la colonne vertébrale ; je décollais tel un avion. Je me promenais au ciel, dans les effluves chauds de l'été commençant.

Soudain mon Heidegger me fut arraché des mains, de par-derrière le banc. Je me levai en sursaut ;

c'était une bande de gars, déracinés, errants, avinés, qui venaient s'en prendre à moi. Ils possédaient la trentaine et des Opinel. L'outrage commença ; ils me traînèrent sur la pelouse. Je me débattis. Ils me rouèrent de coups. Je sentis une brise fraîche se poser sur ma nuque – c'était la lame d'un couteau qui me cisaillait. La pelouse, d'un vert cru, se moucheta de sang. Puis, sans que quiconque intervînt, ils me soulevèrent à trois ou quatre, me transportant jusqu'à l'arrière d'un kiosque d'orchestre où, dans un fracas de rires moyenâgeux, je fus compissé.

Je titubai sur quelques mètres. L'hémorragie était importante. La vue de mon sang sur la terre tiède me fit tourner la tête ; je perdis connaissance. Effrayé à l'idée de passer l'été à bachoter pour la session de rattrapage de septembre, je décidai de me présenter aux épreuves de mathématiques prévues pour le lendemain. Pendant quatre heures, je ne vis, dansant sur ma copie, que des taches, des points, des signes confus. Aucune réflexion ne parvint à se mettre en place ; je tremblais. Des nausées me montèrent au cœur ; je voyais flou. J'hésitai à abandonner, mais gâcher les vacances m'apparut plus grave que d'obtenir ce diplôme sans mention. Regardant par la fenêtre, je fus pris d'une crise de tétanie – les marginaux de la veille, ceux-là mêmes qui m'avaient terrassé puis souillé, rôdaient en bas, accompagnés de gros chiens. Ils riaient bruyamment. Aussitôt qu'ils avaient vidé une bouteille de bière, ils la fracassaient sur le trottoir en hurlant ; ils se mirent à se battre entre eux. Mes lésions me faisaient mal, mes pansements me démangeaient ; mon nez, partiellement brisé, me procurait la sensation d'une patate brûlante (je respirais difficilement).

J'étais mort de frayeur à l'idée que l'un d'eux, malgré la distance et la hauteur du bâtiment, m'aperçût et proposât à ses acolytes de me coller une nouvelle correction. Mais ils s'en allèrent et leurs silhouettes se dissipèrent dans le lointain. Je restai coi devant mes équations. Et seul au monde ; j'étais battu comme un tapis chez moi, rossé à l'extérieur. Quel pays me resterait-il pour éviter les coups ? Celui des mots, où je m'enfermerais pour toujours ? Cela paraît pompeux, formulé de la sorte, et je déteste les écrivains qui abusent de ce stratagème (le cliché de la littérature comme retraite, du mot comme refuge, de l'écriture comme recours) aux fins d'émouvoir à bas frais le lecteur. Mais le soir même, j'ouvris un recueil de poèmes de Gottfried Benn. L'un d'eux s'achevait par le mot « jubilations » ; le suivant débutait par l'expression « vers le ciel ».

Je choisis une grande feuille blanche et lisse sur laquelle, au feutre bleu, j'inscrivis le mot et l'expression l'un à côté de l'autre ; j'obtins une formule qui ne voulait rien dire. Cela ferait un titre parfait pour ce que je me jurai d'être mon dernier faux, ou plutôt mon premier vrai roman. Mais ceci est une autre histoire.

Mathématiques supérieures. – Fabienne Paderewski possédait un nez fin, presque inexistant, mais des lèvres hautes et juteuses, gonflées de sucre, qui lui conféraient une beauté démoniaque. Je n'en dormais plus ; je m'étais promis de congédier ma timidité dans les girons de l'enfer afin de goûter aux joies de l'amour. J'avais jusque-là été trop blessé, trop humilié : il s'agissait d'interrompre cette fatalité. Après tout, mon aspect physique n'était pas plus repoussant qu'un autre et j'avais lu telle quantité d'auteurs que mon assise me permettrait de pousser ma candidature auprès de son cœur. Hélas, ces belles constructions, théoriques, s'affaissaient dès que je l'apercevais. Chez moi, j'étais le roi des courages. En classe, il ne restait de ma témérité qu'un morceau de pudding. J'étais flasque ; j'étais lâche.

Plutôt que de réviser, de rabâcher mes exercices, de préparer mes colles, de consacrer des heures lamentables, exténuantes, compliquées, à la formulation lagrangienne, aux variétés différentielles, aux groupes de symétrie, aux accroissements finis, aux ensembles de Cantor, aux coefficients de Fourier, à la convergence des suites de Cauchy et aux intégrales impropres, je concoctais pour ma fée des cassettes audio (de marque BASF, et d'une durée de 90 minutes au total – 45 minutes par face), ce qui me prenait des heures. Il s'agissait de véritables créations radiophoniques, mais à l'usage d'une unique et idéale auditrice. J'intitulai ces cassettes « Radio Fabienne ».

« Radio Fabienne 1 » comportait, en introduction, « Hunkadola » de Benny Goodman suivi d'une lecture, par mes soins, des deux premières pages de *Notre jeunesse* de Péguy. Puis j'enchaînais (ce bricolage sonore était vraiment chronophage) avec « Prelude in C Sharp Minor » de Nat King Cole auquel succédait un fondu qui laissait la place à des octosyllabes de mon cru. Mes poèmes (j'ai retrouvé la cassette dont j'avais pris soin de faire un double afin de l'écouter comme si je fusse moi-même Fabienne, faisant mine de m'étonner de mes propres trouvailles) ouvraient, ensuite, sur « Time On My Hands » d'Art Tatum, qui laissait la place, repiqué sur France Culture, à un entretien avec François Truffaut consacré aux *Deux Anglaises*, mon « film préféré de tous les temps » à l'époque. Fabienne n'avait dû guère avoir le temps de souffler, ni de se remettre de ses émotions, puisque à peine Truffaut avait-il achevé de s'exprimer qu'on pouvait entendre retentir les premières notes de « Pipe Dream » par Randy Brecker (son frère, Michael, était présent sur l'album, au sax ténor, et je le signalais à la fin du morceau à ma bien-aimée, persuadé du reste qu'elle l'eût instantanément deviné). Ensuite – le lecteur constatera par lui-même ô combien je la gâtais –, Fabienne, Fabienne Paderewski, eut droit à une lecture extraite de *La Doublure* de Raymond Roussel qui, à la réécoute, me donnait à moi-même des frissons tant il m'avait paru avoir lu les alexandrins de cet immense génie (qui n'avait que deux ans de plus que moi quand il les avait composés) avec une grâce à peu près inégalée. Pour la suite, j'avais convoqué, en enfilade, B.B. King, René Char, Chick Corea, Joseph Conrad, Earl Hines, André Gide (entretiens avec Jean Amrouche, 1949, que je connaissais – et connais encore – à l'intonation près), Johnny Griffin, Francis Ponge, Michel Roques – qu'on a trop oublié (j'étais un fanatique de « Safari », avec cette introduction aylérienne déchirant les poumons), Kafka, Duke Ellington, encore Gide (mais lu par mes soins), Howlin' Wolf, etc.

J'envoyais ces trésors (de patience, de minutie, de raffinement) par la poste ; parfois, mon cœur battait à l'idée qu'elle pleurât en les écoutant. Je me maudissais néanmoins, contrarié, persuadé que j'eusse dû intervertir deux morceaux, deux lectures ; je m'en voulais d'avoir démarré le volume 9 de ma fabiothèque par « The Umea Blues » de Slide Hampton et de l'avoir achevé (j'eusse dû faire l'inverse) par « Rosie » de Duffy Power. Quand je la croisais en classe, Fabienne ne faisait jamais la moindre allusion à ces envois. Je pris cette attitude comme une manifestation de son élégance. Nous ne pouvions, elle et moi, nous résoudre au même comportement, trivial, que celui de nos contemporains : des abrutis, des matheux, des polars, des rustres qui n'entendaient rien à la force poétique de Francis Ponge, d'Alfred Jarry, de Pierre Reverdy. Ce dernier, que je commençais d'admirer sans réserve, avait écrit dans un texte définitif que ce qui poussait le poète à la création (je décidai de me sentir concerné) était le désir de mieux se connaître et de sonder constamment sa puissance intérieure.

Ma puissance intérieure, lorsque j'étais envoyé au tableau pour résoudre un problème, s'ébranlait. Incapable d'aligner deux suites d'équations, j'étais ridiculisé par le professeur qui, au lieu de me faire regagner ma place, me cuisinait sur l'estrade pendant soixante longues minutes. Dès que j'ouvrais la bouche, il haussait les épaules en levant les yeux au ciel. Il attendait de moi un déclic, un miracle, une fulgurance, qui m'étaient plus difficiles à obtenir que de parvenir subitement à m'envoler par la fenêtre. Je me fissurais ; je n'osais jeter le moindre coup d'œil sur Fabienne, dont je sentais si fortement la présence, près de la porte d'entrée, au premier rang. Le professeur me plaçait dans une situation de torture psychologique infernale : mes cassettes, mes prouesses s'effaçaient tandis que, devant les autres, je me faisais malmener. « Moix, je vous écoute... Alors... Gamma ? Gamma c'est quoi ? »

Gamma n'était rien qu'une bulle vide, aussi creuse que mon cerveau où plus rien n'entrait ni ne sortait. J'étais pétrifié, interdit, coi. Mes camarades n'osaient rire franchement ; ils gloussaient. Il est vrai que j'étais nul. Mais je ne voyais pas l'intérêt de mettre cette nullité en scène, d'en faire le spectacle ni la publicité. Les humiliations coulent dans nos veines jusqu'à la mort ; celle-ci me taraude encore. Fugacement, je pris le risque de regarder ma chérie. Elle avait les yeux baissés, comme humiliée elle-même, et se grattait mécaniquement le front. Bientôt, la classe ne m'apparut plus que comme une foule dentée, munie de crocs saillants, prête à dévorer mes chairs. Un rai de lumière vint frapper le tableau où s'alignaient des signes, dictés de force par le professeur, qui, bien que tracés par ma main, ne parlaient pas à mon intelligence et m'apparaissaient non seulement comme des étrangers, mais comme des ennemis. Ce que j'écrivais sans comprendre me mordait. Il n'était pas question de pleurer : les pleurs, je les amassais pour plus tard, dans la pénombre de ma chambre, à l'abri de l'intelligence des autres. Tous m'écrasaient ; les plus imbéciles de mes camarades, les plus lourds, les moins fins ne cessaient de comprendre des choses que je ne comprenais pas. Ils parvenaient à démontrer des théorèmes qui restaient à mes yeux du chinois. Je ne devinais pas l'effort sur leurs visages.

Ils glissaient sur l'algèbre ainsi que le surf sur la vague fraîche et bleue. Regagnant enfin ma place, je n'osais regarder dans aucune autre direction que celle de mon bureau, où je me concentrais sur une inscription au canif.

Un soir, pour me nettoyer, et pour contrebalancer mes fragilités mathématiques, je décidai de composer « Radio Fabienne 12 », le chef-d'œuvre de ma fabiothèque : une série de morceaux d'anthologie, à faire pleurer les oiseaux, les prisonniers, les anges, les morts. Je convoquai pour l'occasion la crème de mes dieux : Leroy Carr, Archie Shepp, Max Roach, John Lee Hooker et surtout B.B. King à qui je devais presque autant de larmes – c'est dire – qu'à Bill Evans. B.B. King faisait jaillir de ses doigts des notes essentielles ; sa virtuosité ne s'entendait pas. Il opérait par percées, intervenant seulement quand il le fallait. Une seule note pouvait faire chavirer la mélodie et faire basculer le monde avec. Des trois King (les deux autres étant Albert et Freddie), il était, et reste, celui que je plaçais le plus en altitude. Enfant, sa tante lui promettait que s'il était sage, elle lui mettrait un disque. Alors, Riley « Blues Boy » King ne bronchait plus.

Il avait commencé à jouer de la guitare électrique à vingt-trois ans. Cela n'altéra pas son style mais lui permit de faire durer les notes aussi longtemps qu'il le souhaitait ; il eut dès lors le pouvoir d'allonger le temps, d'étirer les instants. B.B. King venait de trouver le secret de l'éternité.

« Radio Fabienne 12 » était inscrite sous l'égide de ce géant, que j'avais choisi d'entourer de ses propres idoles, comme T-Bone Walker. Je trouvai judicieux d'y insérer également les meilleurs morceaux d'Elmore James, de Lowell Fulson, de Lightnin' Hopkins et de Muddy Waters. La cassette terminée, je la réécoutai allongé sur mon lit. J'avais chaud au cœur ; cette compilation, composée avec un soin maniaque, s'approchait de la perfection. Certes, il y manquait peut-être (le remarquerait-elle ? s'en offusquerait-elle ?) la présence de Hop Wilson, de Juke Boy Bonner et de Scrapper Blackwell, mais je n'eus point la force de tout recommencer. Décaler un morceau pour le mettre à la place d'un autre était une entreprise crispante qui ressemblait à l'épreuve du mikado : cela faisait bouger l'ensemble.

Écoutant le tout, d'une traite, Fabienne serait immanquablement envoûtée. Chaque seconde de la cassette lui susurrait qui j'étais, comment et pourquoi je l'aimais. Je l'imaginais dans un lit semblable au mien, plongée dans l'obscurité, respirant profondément, le cœur battant, casque sur les oreilles, les dents plantées dans ses lèvres et les yeux tournés vers son plafond.

Elle ne m'en parla pas. Ni de cette cassette numéro 12, ni des précédentes. Je dus m'arrêter, je crois, à la vingtième (une spéciale *Caves du Vatican* / John Coltrane). Fabienne déménagea en fin d'année, quittant Orléans pour la capitale afin de préparer les concours dans une classe de mathématiques spéciales plus prestigieuse (elle excellait en sciences physiques et détonait en chimie). Huit ans plus tard, me rendant chez Grasset pour y déposer mon premier manuscrit, je la croisai à l'angle de la rue du Dragon et du boulevard Saint-Germain. « Fabienne ! Tu te souviens de moi ? » Elle s'en souvenait. Elle avait intégré les Mines de Paris en 5/2 et travaillait dans les télécommunications comme spécialiste des satellites. Je lui glissai, sans doute pour me vanter un peu, que j'allais publier bientôt mon premier roman et désignai l'enveloppe de papier kraft qui contenait le manuscrit de *Jubilations vers le ciel*. Elle hocha évasivement le menton.

Je l'interrogeai sur les cassettes de « Radio Fabienne ». « Ah ça ? Je ne sais pas où je les ai fourrées. Je crois bien que je ne les ai jamais écoutées. » Le « je crois bien que » me fit un mal infini. J'eusse préféré qu'elle me dît : « Je ne les ai jamais écoutées. » « Ne le prends pas mal, poursuivit-elle, mais avec le travail qu'on avait, je n'ai jamais eu vraiment le temps pour ce truc-là. » L'expression « ce truc-là » me coupa les jambes, sans que j'en fisse rien paraître. « Tu n'as pas eu le temps de les écouter, mais j'avais quand même pris le temps de les concocter. » Elle m'adressa un sourire cruel et, regardant dans la direction de mon enveloppe avec mépris : « Ce n'est pas bien grave. Il y aura peut-être des gens pour lire ça. »

Mathématiques spéciales. – Dans cette classe, en « spé », se trouvait un certain Karim Agoumy. Il n'était guère passionnant et possédait un rire nasal et moqueur horripilant (« han ! ») ; sa sœur, élève de terminale, m'attirait plus que de raison. Je l'avais souvent remarquée, sans savoir comment l'aborder. Ce fut le soir du réveillon, où elle était présente, indiquant à Karim combien cette beauté me tuait, qu'il me décocha son insupportable rire au visage en s'exclamant : « C'est ma sœur ! Han ! »

Le nez, la bouche, les yeux de sa sœur ressemblaient à ceux d'un faon. La comparaison peut paraître niaise, et j'ai beau chercher une autre analogie, je ne la trouve pas : Anouk Agoumy était le sosie d'un faon. Ses seins, plutôt volumineux, rebondissaient sous son pull quand elle arpentait la cour. Par la fenêtre, je la regardais – elle eût mérité de faire du cinéma, me disais-je, car « faire du cinéma », pour nous provinciaux perdus dans la brume, cela voulait tout dire.

Les Parisiens ne comprennent pas la province. Vivre en province, c'est se faire de tout une montagne ; c'est s'ébrouer dans le sentiment que l'avenir est réservé aux autres, que changer de quartier est une aventure, que rencontrer son destin est une chimère, que devenir quelqu'un est impossible. Je me souviens de mon père, un matin, dans la voiture, m'emmenant passer le bac de français ; je lui avais appris que François Nourissier y avait obtenu, de son propre aveu, des notes misérables. « Oui, mais c'est Nourissier », m'avait-il répondu. Je restai bouche bée devant la stupidité de cette réponse. François Nourissier avait eu le droit d'être François Nourissier, mais l'éventualité que, moi, je fusse moi un jour ne semblait pas être imaginable. Cette saillie paternelle résume et incarne la province à elle seule.

Je me mis à écrire à Anouk de longues lettres ; désireux de l'impressionner, de la marquer, de l'épater, j'eus recours à un subterfuge d'une malhonnêteté crasse. Dans le ciel littéraire de mes héros ne résidaient pas que des morts, mais quelques vivants, aussi ; parmi eux virevoltait Patrick Grainville. Les années n'ont point altéré l'admiration que je lui voue. Son lyrisme, son ardeur, ses vibrations, l'étendue de sa palette, sa grande intelligence des sentiments m'en avaient fait un compagnon de traversée. J'avais passé une partie de l'été, à Portland, Oregon, où m'avait gracieusement accueilli une famille protestante, à lire son chef-d'œuvre, *Le Paradis des orages*. Ce livre était une secousse. Les mots y fusaient comme des feux d'artifice ; c'était une fête permanente, et le « politiquement correct » en était absent. Grainville était pour moi inclassable. Je ne connaissais, hors peut-être José Lezama Lima, aucun autre écrivain capable de rivaliser avec ce pouvoir verbal qui semblait infini, cette verve arborescente et furieuse, gourmande, qui prodiguait à la langue française une folie qu'elle semblait avoir oubliée. Grainville provoquait le tournis. Aucune phrase, jamais, n'était « normale » ; toutes étaient abondantes, luxuriantes. Une jungle. Grainville faisait jouir la langue et s'amusait en écrivant. Il donnait tout et ne calculait rien. Il n'était pas économe ; il se dépensait comme un possédé.

Frappé, envoûté par sa manière, je voulus être lui ; mais la place était prise. Il me semblait que ses paragraphes eussent dû être de mon cru. Il était venu avant moi ; j'étais sec. Il serait celui qui m'empêcherait de devenir écrivain. J'étais énervé qu'il fût encore vivant ; en même temps je m'en réjouissais : il mettrait au monde d'autres monuments fantastiques, tordus, excentriques. Je siphonnai des passages entiers du *Paradis des orages* et les adressai à Anouk, lui faisant croire qu'ils étaient nés sous ma plume. Recopiant la prose de Grainville, je m'enivrais tout seul, oubliant que j'étais moi, ou plus exactement que je n'étais pas lui. Ces tournures merveilleuses, ces trouvailles fabuleuses, ces inventions prodigieuses, voilà que retranscrites avec ma propre calligraphie, elles devenaient miraculeusement miennes. C'était lui le voleur, c'était lui l'imposteur. Il m'encombrait.

Ayant recopié six, sept, dix pages d'une écriture serrée, ma fierté fut totale. Je n'en revenais pas de mon génie ; j'étais estomaqué par tant de précocité. Ce texte était de moi, puisqu'il était de ma main. Et puis Anouk ne devait pas connaître Grainville. Je priais d'ailleurs pour que personne, au monde, ne le connût du tout. Je me persuadais que j'avais été le seul et unique lecteur de son roman, ou encore que tous ceux qui l'avaient lu n'en gardaient pas souvenance. Je relisais ma lettre. Mon écriture avait vidé Grainville de ses mots pour les transvaser dans mon être. Plus j'avançais, plus je me persuadais que j'étais le véritable auteur de ce que je lisais.

J'envoyai la lettre au faon. Je n'obtins aucune réponse en retour. Je l'appelai quelques jours plus tard. Ma missive ne lui avait fait aucun effet. Mais son amie Nati, plus littéraire, avait trouvé que « je me débrouillais pas mal ». Soudain, je rendis à Grainville la responsabilité de son œuvre. Puis, honteux, je me ravisai : ce n'était pas Patrick qui était faible, mais l'époque qui était nulle. Il serait inutile d'essayer de dépasser le maître si plus personne, dans ce bas monde, n'était en mesure de l'apprécier à sa juste valeur. Je me décourageai. Le fait qu'Anouk ne fût pas tombée immédiatement amoureuse de moi conséquemment à « mes » prouesses stylistiques m'avait énervé. Mais j'admis que Grainville, en aucun cas, ne s'adressait à elle. Je ne lui avais pas parlé d'elle une seconde en lui envoyant des échantillons d'un roman. Certes, les extraits choisis évoquaient l'amour qu'on peut éprouver pour une jeune et belle créature, mais cela restait ancré dans la logique d'une structure, d'une histoire, d'une œuvre, et ne la concernait pas.

Je changeai mon fusil d'épaule. J'optai pour la stratégie inverse : ne parler que d'elle, sans arrêt. Mes poèmes, qu'ils fussent en prose ou en vers, ne se dirigèrent alors que vers sa personne. J'évoquais ses épaules, son teint, ses cheveux (qui flottaient bien évidemment au vent). J'évitais l'écueil de la cuistrerie, de la boursouflure, de la frime, autant de tares qui m'étaient familières. Les lettres envoyées – elles le furent par centaines ; il m'arrivait d'en écrire dix dans la même journée – portaient la marque de la franchise et de la vérité. J'y ressassais que j'étais prêt pour l'amour, le vrai, et qu'elle seule, à mes yeux, l'incarnait. Les missives étaient gonflées d'un souffle romantique et vital. C'était la jeunesse qui les habitait ; toutes les jeunesses avant moi, toutes celles qui viendraient après.

Il entre toutefois une grande lâcheté dans l'envoi de lettres de conquête amoureuse. C'est à l'autre, que nous n'osons affronter dans la réalité, de se débattre avec l'étalage épouvantable de nos sentiments, livrés par tombereaux. Des blocs graniteux d'expressions définitives s'affaissent d'un coup sur quelqu'un qui, non seulement n'avait rien demandé, mais ne nous avait jamais envisagé que comme un simple figurant dans le lycée, une entité évanescente et subsidiaire dans un couloir. La naïveté est immense, que d'imaginer que le seul pouvoir des mots, fussent-ils merveilleusement agencés, pourrait convaincre une femme de se donner à un inconnu. D'autant que l'expression d'une langue exacerbée peut provoquer des complexes : démontrer ses talents, exhiber ses dons, c'est vouloir écraser celle qu'on prétend aimer. Anouk ne cherchait pas des sentences, mais des mains pour l'étreindre et des bras pour la protéger. Sans oublier qu'une réponse positive de sa part eût interrogé sa normalité ; quel être équilibré eût-il pu favorablement donner suite à mes malsains délires ?

Qu'importe, je continuai, m'abîmant dans la quantité ; elle reçut, contre son gré, contre son goût, mille salves amoureuses. J'étais entré dans un univers imaginaire, créant un lien artificiel avec une femme qui (elle devait le ressentir avec effroi) n'avait été, en réalité, qu'une fille collectée au hasard, arbitrairement choisie, selon le seul critère, absurde, de l'apparence physique. Elle épongeait ma folie ; elle ne méritait pas ce harcèlement (sans doute, cela sonnait-il pour elle comme une injustice). Mais le fou (j'étais ce fou) qui établit un contact unilatéral avec l'objet de sa passion ne fabrique en réalité qu'une victime, se donnant (persuadé qu'on lui doit quelque chose) la dangereuse illusion qu'un refus représente la pire des injustices. Pendant que mes camarades révisaient comme des robots pour les concours, j'écrivais. Je savais que je n'intégrerais aucune école, y compris la plus médiocre ; je m'enfonçai donc dans cette solitude morbide, suicidaire, emprisonné dans mon aventure épistolaire.

Avais-je vraiment envie qu'elle me répondît ? Ma démarche était pleine de courage et de lâcheté. De courage, parce que croiser Anouk dans l'enceinte du lycée, après de telles échappées lyriques, exigeait malgré tout un toupet à toute épreuve, une assurance insolente (et feinte, mais le propre de l'assurance réside d'abord dans notre capacité à la feindre) ; de la lâcheté, parce que mille pages d'amour fou sont plus simples à écrire que de traverser la rue pour dire à une femme qu'elle nous plaît. Afin de résoudre cette insoluble équation, j'avais opté pour la solution la plus stupide : l'ignorer pratiquement dans les couloirs, ne faisant qu'évasivement la saluer, comme si ce fût moi qui l'attirasse. Je misais en outre, avec cette stratégie peu glorieuse, sur un phénomène psychologique connu : par la distance, la hauteur, l'indifférence, il arrive qu'on parvienne à susciter la curiosité de l'autre. Mais cela ne fonctionne que si un embryon de désir existe chez cet autre. On ne peut, *ex nihilo*, arraisonner la protagoniste de nos fixations malades à notre volonté.

Un matin, à huit heures, me rendant en cours de mathématiques, je remarquai un attroupement au fond de la salle B12, appelée « salle Henri Collot » (une plaque avait été fixée sur le mur du fond), du nom d'un taupin mort dans un accident de téléphérique le 22 décembre 1965 ; le plancher de la cabine

– ballottée par un vent violent – s'étant éventré, Collot et seize autres skieurs étaient passés à travers, se fracassant contre les roches enneigées. Mes camarades riaient, se pressaient, se poussaient pour se délecter d'affichettes punaisées au mur. C'étaient mes lettres à Anouk qu'ils lisaient. Son frère Karim me fixa, le sourire cruel, fier de son exploit : « Han ! »

FIN

REMERCIEMENTS

Je remercie Jean-Luc Barré qui m'a suggéré l'idée de ce livre.

Du même auteur :

JUBILATIONS VERS LE CIEL, Grasset, 1996, *Goncourt du premier roman*.
LES CIMETIÈRES SONT DES CHAMPS DE FLEURS, Grasset, 1997.
ANISSA CORTO, Grasset, 2000.
PODIUM, Grasset, 2002.
PARTOUZ, Grasset, 2004.
TRANSFUSION, Grasset, 2004.
PANTHÉON, Grasset, 2006.
APPRENTI-JUIF, hors commerce, 2007.
MORT ET VIE D'EDITH STEIN, Grasset, 2008.
CINQUANTE ANS DANS LA PEAU DE MICHAEL JACKSON, Grasset, 2009.
LA MEUTE, Grasset, 2010.
NAISSANCE, Grasset, 2013, *prix Renaudot*.
UNE SIMPLE LETTRE D'AMOUR, Grasset, 2015.
TERREUR, Grasset, 2017.
DEHORS, Grasset, 2018.
ROMPRE, Grasset, 2019.

Films

GRAND ORAL, court métrage, 2000.
PODIUM, long métrage, 2004.
CINEMAN, long métrage, 2009.
RE-CALAIS, documentaire, 2018.

Composition réalisée par NORD COMPO

Achevé d'imprimer en France par
CPI BRODARD & TAUPIN (72200 La Flèche)
en août 2020
N° d'impression : 3039704
Dépôt légal 1ʳᵉ publication : août 2020
LIBRAIRIE GÉNÉRALE FRANÇAISE
21, rue du Montparnasse – 75298 Paris Cedex 06